JN243579

退屈ぐらいがちょうどいい

米川 清
Yonekawa Kiyoshi

熊日出版

目次

「まったり」の定義について

江國香織さんの『雨はコーラがのめない』（新潮文庫）をパラパラとめくっていたら、「まったり」の定義らしきことが書かれていた。

ちなみに、「雨」というのは、江國さんの愛犬のコッカー・スパニエルの名である。

江國さんは「まったり」の定義について、三つの条件にまとめている。三つの全てを満たさないと、「まったり」にはならない。

1　たとえば畳に足を投げだして、和菓子とかつまみながらぼーっとする。
2　洗濯などしないでうだうだすること。
3　のんびりはのんびりだが、のんびりとはちょっと違う。うだうだが入らないとダメである。

以上を総括して、江國さんは以下のように整理している。

「うだうだ」という言い回しは、ネガティブなイメージが強い。それを肯定的に使うために、ある種の風情を凝らした言葉が「まったり」だという。フム、さすがである。なんか納得だなあ。

ボクにとっての「まったり」とは、1だと、畳に足を投げだして、石鎚山の青のりせんべいをポリポリかじりながら、午後の紅茶を飲み、ぼーっとしている時などが該当する。抹茶ではないのかと言われそうだが、青のりせんべいと午後の紅茶なのである。ちなみに、封を開けると、磯くさい香りのする石鎚山の青のりせんべいを食すと、他は、ちょっとムリかもしれない。

2の洗濯もしない。しても、全自動洗濯機に、すべてお任せである。

3の「うだうだ」はむつかしい。「ダラダラ」なら年中だが、「のんびり」＋「うだうだ」というのは、何もしないこととは、ちょっと違いそうだ。たとえば、1に倣えば意味なく爪を切るとか、テーブルに置きっぱなしの朝刊の昨日の気温を眺めるとか、手持無沙汰で、グズグズしているみたいな感じなのか。

でも、2のように洗濯はしないが「人に語るようなことをしていない」のと、「何もしていない」のは違う。大マジメに考えていると、江國さんが言う微妙なニュアンスが消えてしまう。だから、もうあれこれと考えない。

さて、うちに巨大なズッキーニが届いた。頂き物だ。「頂く物は夏も小袖」で、こと食べ物については、意地汚い。実に、巨大なズッキーニである。さて、どうしてくれよう。

生でも美味そうだが、工夫がない。蒸して、黒コショウと塩、ワインビネガーで食してみよう。

（２００８・８・９）

記憶の扉

『マイ・ドッグ・スキップ』を、どうせつまんないだろうと思いながら観ていた。愛犬映画には、あまり趣味ない。

けれども、意外にも淡々とした中に、懐かしい雰囲気がある。小味だが佳品だった。子供から青春の一時期にかけて、不安定に揺れる心の動きは、洋の東西は問わないなと思う。すっかり良い気分になった。

調べたら、ＴＳＵＴＡＹＡのＤＶＤのランキングでは、高評価だった。ボブ・フォッシー監督の『オール・ザット・ジャズ』のすぐ下、アーサー・ヒラー監督の『ある愛の詩』の上だった。

１９４０年代の戦時中のミシシッピ州の田舎町がとてもよい。当時の家並みや南部特有の自然が美しい。人種差別もさりげなく描かれていた。

映画のせいで、記憶の扉が開いた。忘れかけてた子供の頃を思い出した。

子供の頃、大好きだったアメリカのテレビドラマは、馬が人の言葉をしゃべる『ミスター・エド』

やソバカスだらけの小学生のホームコメディの『ビーバーちゃん』などだった。

土曜日の夜の7時30分頃から始まった。8時になると、トロイ・ドナヒューの『サーフサイド6』を観た。

あっという間に終わってしまったが、『とつげき！マッキーバー』がお気に入りだった。陸軍幼年学校の生徒で、いたずらっ子のマッキーバーが校長や教官を相手にいたずらをしかけたり、大奮闘する話だ。

教官の「1、2、3、突撃」から始まる、すこし不謹慎な感じのズッコケ・コメディだ。面白かったのだが、アッという間に終わった。全26話あるらしい。大部分を見逃しているのかもしれない。だったら、惜しいことをした。

80年代に、ゴールディ・ホーン主演の『プライベート・ベンジャミン』というヘナチョコ軍隊映画があった。この映画もかなり不謹慎なトーンで、マジメな反戦主義者なら不快かもしれないが、ボクは面白かった。


土曜日の夜は、10時からの音楽バラエティ番組『夢であいましょう』が終わるまで、ゴキゲンだった。

その頃の中学校は土曜の午前中は授業があり、会社も半ドン時代だった。つまり土曜日の午後は一週間のうちで、一番楽しいひと時だった。

学校が終わると、ボクは千駄ヶ谷駅前の津田塾大学の中学生向けの英語教室に通った。同じクラスの悪童たちがみな行くので、学校帰りの道草気分で通っていた。中学の教科書は『Jack and Betty』の時代は終わり、『The Junior Crown』だった。「トム」と「スージー」が男女の名前だった。津田では、同じテキストだと進歩がないので、違うテキストの教室を選んだ。

授業中、「誰それはオマエに気があるんだってよ」「好きだって言っちゃえよ」とか、女子の話ばかりしていた。たまに先生にあてられると、アタフタした。

英語のテキストはブックバンドで十字に縛って、中央線で帰った。帰宅して、夜のお楽しみのテレビの時間までは、月刊誌の『ボーイズライフ』などを読んでいた。

寺田ヒロオさんのマンガ『背番号0』や当時、早稲田大学の講師だった加藤諦三さんが青春小説を書いていた。ハッピーエンドではなかった。武者小路実篤さんの青春小説の現代版のような私小説だった。せつない味がした。

子供から思春期にかけて、あんなに楽しい日々だったのに、どうしてはやく大人になりたかったのか不思議だ。あの時は早く時間が過ぎてくれないものかと、毎日願っていた。

きっと、大人になると、勉強しない代わりに、〝夜更かしできるし、お酒も飲めるし、彼女と遊べるし、好きなことは全部自分で決められる〟素敵な日々が待っていると思い込んでいた。そんなはずはないのだが、だから子供だったのだ。

（2013・1・19）

八波むと志さんの想い出

中学校1年生のボクのお楽しみは、ＮＨＫの『チロリン村とくるみの木』だった。

荻窪の社宅だった家は、中学校が見えるくらい近いところにあった。

『チロリン村とくるみの木』は、野菜や果物、小動物を擬人化した人形劇だが、楽しんで見ていた。

18時に終わると、風呂に入って余韻を楽しみ、風呂から出ると、すぐに夕ご飯だったような気がする。

『チロリン村とくるみの木』のご贔屓（ひいき）は、八波（はっぱ）むと志さんのスカンクのガスパ、一龍齋貞鳳（いちりゅうさいていほう）さんのイタチのプー助と、はせさん治さんのはらぺこ熊のペコポンだった。

そんなある日、八波むと志さんが交通事故死した。彼の大ファンだった中学生のボクには、ケネディー大統領の暗殺と同じくらいの大ショックだった。

その頃の八波むと志さんは、東京宝塚劇場の『マイ・フェア・レディ』に出演していた。江利チエミさんがイライザ、ヒギンズ教授は高島忠夫さんだった。

小林信彦さんだったと思うが、「ハードボイルドがカリフォルニアの太陽と切り離せないように、ミュージカルもアメリカの土に馴染んだもので、日本のミュージカルなどありえない。日本のミュージカルはグロテスクだ」と言い切った。

そりゃそうかもしれないが、何もそこまで言わなくてもよいのになあと思った。

そんななかで、イライザの父役の八波さんが歌う『運がよけりゃ』は好評で、亡くなった後で、その録画が何度も流れた。

わざと音程を外したような野太いしゃべり声で歌い、群舞では軽やかに踊った。独特な味があり、センスもよかった。


八波むと志さんで最も印象に残っているのは、脱線トリオというよりも、三木のり平さんとのコンビだ。東京宝塚劇場の『雲の上団五郎一座』の劇中劇の源治店（げんやだな）（玄治店?）で、切られ与三郎の三木のり平さんが、ごろつき仲間の蝙蝠安（こうもりやす）の八波さんに連れられ、金をせびりに妾の家を訪ねる。実は、妾は与三郎の元カノのお富さんだったくだりだ。

まずは、蝙蝠安が妾の家の玄関の「格子戸」をがらっと開ける説明をすると、与三郎は「甲州街道ですか」とボケる。じゃあ予行演習をしましょうということで、与三郎が、おそるおそる歩き出す。強面の蝙蝠安が「歩き方から怖そうに見せなきゃだめだ」と手本を示す。なんとも頼りなさげな与三郎が「こうですか」と右手、右足で歩く。「手足は互い違いじゃないとダメ」と、八波さんが最強のツッコミでダメだしをする。

場面は転換して、「源治店」である。お富さんは、由利徹さんである。与三郎が「ご新造さんへ、おかみさんへ、イヤサお富、久しぶりだなあ」と啖呵を切るが、覇気がなくてぜんぜん啖呵にならない。凄んであぐらをかいてもうまく足が組めず、身体がカックンと傾いて、調子が狂う。最後は「ご新造（心臓）さんへ、ご肝臓さんへ」になったような記憶がある。

ここらあたりが、のり平さんと八波さんの阿吽の呼吸で、何度繰り返しても新手で失敗するので、抱腹絶倒だった。あんなに声に出して大笑いした記憶は、後にも先にもない。

他にも、社長シリーズで、森繁久彌さんが出張先のホテルでムラムラして美人のマッサージ師を所望したら、元プロレスラーだったというふれこみの、八波さんのあんまが登場する。プロレスの荒業で森繁さんの体をボキボキとならしてもみほぐすと、森繁さんが悶絶寸前になるシークエンスも大爆笑だった。

『マイ・フェア・レディ』つながりで、江利チエミさんについても、想い出がある。それにしても、三人娘は新旧ともに、プライベートは全員、おひとり様になった。

江利さんといえば、米軍キャンプ回りで鍛えられているので「テネシーワルツ」が圧巻だった。ややや意外だが「さのさ」もお色気があって、とても心地よい。

映画やテレビでは、『サザエさん』や『咲子さんちょっと』のようなコメディエンヌの役柄も楽しめた。

晩年近くのヒット曲『酒場にて』は、鈴木邦彦さんらしいダイナミックな曲調の歌謡曲だが、よい曲でせつない余韻が残った。

江利チエミさんは中村八大さんに無理やり、第1回ブラジル音楽祭に引っ張り出されたことがあるという。江利さんは、飛行機が大嫌いだそうだ。

『私だけのあなた』という曲だった。作詞はいつも通りの永六輔さんだった。江利さんの音域を超えた低いパートもあって、八大さんの作家性を感じる。

今思うと、後の合歓（ねむ）ポピュラーフェスティバル70のグランプリ曲の、雪村いづみさんの『涙』の原型ともいえるアレンジだった。

音楽祭は審査委員長がヘンリー・マンシーニで、江利さんは最優秀歌唱賞、八大さんは最優秀編曲賞を受賞している。その江利さんはあまりに早すぎる45才で没した。合掌。

『酒場にて』もしんみりした歌詞だが、映画の『銀座の恋の物語』のラストシーンが忘れがたく、心に残っている。

銀座の雑踏のパトカーから、石原裕次郎さんとヒロインの浅丘ルリ子さんのカップルを「人知れず、そっと見守る」さみしそうな、江利さんの憂い顔のショットが忘れられない。なにかその後の、彼女の人生を暗示しているような気がしてならない。

（2023・2・9）

さくらもち、ふたたび

昭和のドラマのDVDを観ていたら、桜の花びらが散っていた。ああ、今年もじっくりと桜を見なかったなと思う。いつも通り過ぎてからもったいないことをしたと悔やむ。後ろ向きの生き方がよく表れていると思う。

この地では、桜があちこちの住宅の庭でも咲くので、さほど珍しくないのも影響しているのかもしれない。

今はツツジが盛りだ。東京時代に公園や街路樹のオオムラサキツツジで育ったせいか、大味で雑駁な感じがして、ツツジはあまり好きになれない。山ツツジと満天星だけは別で、大好きだ。

すぐ傍に桜の公園がある。隣のマンションの陽当たりが悪くなったせいだろうか。全部、桜の樹を切り倒してしまった。もったいないことをする。

少し前なら、小雨が降った日など出掛けに公園に寄ると、誰もいないところで満開の桜が間近で見れた。見上げると、風に乗ってチラチラと花びらが舞う。子供の頃に、風に流れる桜をパクッと食べる遊びをよくした。湿った土が、懐かしい匂いだ。

改築中の近所の住宅では、塀が取り払われ、庭の枝垂れ桜がよく見えた。今年は早かったが、いつもは彼岸の頃に咲く。雑木の庭の樹間越しにチラリと見える一重で淡いピンクの花がとてもきれいだった。こういう色を桜色と言うのだろうか。毎年そんなことを考えた。

今年は、じっくり全容が見えたのだが、なぜかつまらない。きっと、ちらとしか見えない方が、もっと見たいという想像をかき立てるのかもしれない。

なんだ、今年は結構桜を見ているではないかと思い直す。だが、じっくりと、散り際を見たわけではない。

まだ、ボクが幼い頃、父が土産に桜餅や言問団子をよく持ち帰って来た。老母によると、料亭のお土産だろうという。向島の方の料亭によく行ったのだろうか。

遠い昔、まだ宵の口の銀座では、よく街頭で竹籠に入った桜餅を売っていた。帽子を被った花売りの人もいた。鳩居堂の屋上では星型のネオンが灯り、地球儀のネオンも遠くに見えた。

春浅い宵だった。たぶん、若かった母に連れられ、デパートにでも行った帰りに見た風景かもしれない。竹籠に眠る桜餅は、数枚の桜の葉に被われていた。荻窪の社宅の茶の間で、薄い半透明な羽衣に包まれた桜餅を食した。淡く、さみしい味がした。

すこし後年になって、同じものを食しても、もうその味は戻ってこなかった。ずっと不思議に思っていた。

叱られてばかりの悪ガキの頃、うらうらとした陽が射す縁側の濡れ縁でも桜餅を食べた。その時も、ほんのりと甘く、せつない味がした。
あれはきっと、幼い頃の不安定に揺れた心をうつした味だったのかなと思う。
（2018・4・22）

赤い鈴蘭は咲く

先月の末、ひさかたぶりに街で遅くまで飲んだ。深夜、タクシーに揺られ帰宅した。暗い道すがら車窓から眺めていると、灯りに照らされコブシの花が開いていた。おやっ、まだ1月末なのに、今年はばかに早いなあと思う。

今日は早朝から雨降りだ。病院に用事があり早朝に家を出た。帰りのタクシーは、落ち着いた分譲住宅の中を縫うように走る。ロウバイの花が咲いている。この地のロウバイは珍しくて、見入ってしまう。黄色に白が少し混じったような淡い色だ。可憐である。車中だから、匂いは楽しめない。

少し前まで、一戸建ての分譲地に住んでいた。イヌマキの生垣の内側に、トキワマンサクがまとまって植えられていた。か細い幹に紅色の花をつけた。濃厚すぎて、ボクの好みでなかった。

関東でよく見たマンサクは黄色い花だ。リボンのような花の形状はトキワマンサクも同じだが、厚化粧の花魁(おいらん)道中のようだ。

ある日、街はずれの小さな居酒屋の一輪挿しにピンクのトキワマンサクが投げ込んであった。それがなんとも、小粋な佇まいだった。我が感性は、げにあてにならない。

病院からのタクシーを自宅近くで降りた。そういえば、あの深夜に見たコブシはどうなっただろうと思い出した。雨は小降りになっている。近いから見に行った。

コブシの蕾がいまにも開くように映るが、やはり3月近くにならないと咲きそうもない。はて、あの晩に見たコブシの白い花はなんだったのか。

マンサクには諸説がある。豊年満作に由来すると思っていたが、「まず咲く」の東北訛りからきているというのが有力のようだ。80年代初めのＮＨＫの「朝ドラ」に、『まんさくの花』があったが、なるほど、秋田県の横手市が舞台だった。

関東にいた頃は、マンサク、サンシュユ、ロウバイの順で咲いた。少し遅れて土佐ミズキが咲いた。みな黄色い花だった。濃淡は違うけれど、小さい、可愛らしい花だ。

そして、白モクレンが咲き、コブシが続いた。


スイセンは、花の小さな日本水仙が一番好きだが、ヨーロッパ産のキズイセンも好きだ。スイセンは1月なかばには咲き、日本水仙は香りが楽しい。小説家の立原正秋センセイは、花屋さんから30本くらい買って、竹筒にさして部屋いっぱいの香りに浸ると言う。

スズランも、香りはスイセンより強いが、ボクは好きだ。スイセンとスズランは似て非なる花だが、きよらかさでは似ている。

ボクがうんと幼い頃だった。母が『赤い鈴蘭』というテレビドラマを観ていた。西田佐知子さんが主題歌を歌っていた。今でも歌詞を覚えている。

「赤い鈴蘭は咲く 北国の春の野に
遠い昔 アイヌの乙女が 恋人にささげた命
恋する乙女は いつもその胸の中に
赤い 赤い 鈴蘭を咲かせる」

（『赤い鈴蘭』、楠田芳子作詞）

赤い鈴蘭には、アイヌの古い伝説があるらしい。乙女の赤い血が、鈴蘭を染めた悲恋のエピソードのようだ。

北海道のある地方に行くと赤い鈴蘭が咲くという。いつか自生する赤い鈴蘭を探す旅をしてみたい。けれど百パーセント実行はしないだろう。

（2008・2・2）

かつて石原慎太郎さんは、前衛だった

石原慎太郎さんの初期短編に、『透きとおった時間』（1956）というのがある。石原文学や政治行動が大嫌いな人も多いと思うが、初期には傑作の短編、中編小説があった。

たとえば、『完全な遊戯』は不道徳の極地というのが、衆目の一致するところだろう。だが、ボクの読み方では、殺される女性が主人公を「なぜか好いていた」という、たった一行だけが唯一の感傷で、この作品以上に、非情なハードボイルド小説を、ボクは他には知らない。

『ファンキー・ジャンプ』も、言語破壊かもしれないが、詩的表現ではこれ以上、突き抜けた小説を、今もって読んだことがない。

大江健三郎さんも「あとがき」で、『透きとおった時間』を書いたあとで石原さんが死んでいたら、太宰治は彼の比でないと書いていた。アーネスト・ヘミングウェイの『キリマンジャロの雪』を意識したような「死」の瞬間がテーマだ。大江さんとはその後、敵対関係となるが、やはり同世代の古い友人関係もあったようだ。彼のアドバイスでまとめた後期の短編集の『わが人生の時の時』を石原文学のベストだとする比較的若い世代の批評家も多い。

さてそこで、ロベール・アンリコ監督の『ふくろうの河』（1962）とジュゼッペ・トルナトー

レ監督の『記憶の扉』（１９９４）を観ていない人なら、ネタバレありなので、あとは読まないほうがいいと思う。ミステリではないけれど、それに似たサプライズ・エンディングがあるから、知らないほうが絶対に楽しめる。

『透きとおった時間』だが、初期短編集に収められていたが、本が手元にないので記憶を頼りにあらすじを書く。

大学の運動場で学生たちがラクビーの試合に興じている。ラックからすばやくボールが出ると、ラガーたちがボールを追って散り散りに走ってゆく。一人だけ、その場所から動かないでうずくまっている男がいる。やがて軽く転倒して、そして動かなくなる。仲間たちが心配して取り囲むが、転倒した男は自分の下半身が麻痺していることを自覚している。また、彼は自分がきわめて重篤であるのも知っている。彼はタンカーで運ばれ、試合は続行される。

短編では、この致命的な怪我を負った男の意識の流れを綴っていく。

山を登ったこと、そして雨が降ってきて、ヤツデの葉に大きな蛾がとまっていたことなど、男の心象風景のディテールが流れるように描写される。それは瑣末で、どうでもいいようなことばかりだ。だが、彼の意識に色濃く刻まれた風景だった。

やがて試合は終わり、仲間たちが見舞いにやってくる。病院の廊下にスパイクシューズの音が響く。彼は朦朧とした意識で、その音で仲間たちが駆けつけたことに気づく。

彼はなにか言葉をいう。仲間たちはそれが聞き取れない。彼は死に際に、もう一度、必死に一言をいう。仲間の一人は彼に耳を寄せて、聞いている。

「いま、なんて言った」と、他の仲間たちが質す。

「チクショウ」って言った。

以上があらすじだ。

『ふくろうの河』だと、絞首刑から逃げ出した男が、川を泳いで、泳いで、追っ手から逃れて一軒の家にたどり着く。だが戦慄の結末は、実は「処刑は執行されていた」だった。

『記憶の扉』だと、警察署長と容疑者との長い尋問が描かれ、その中で、容疑者に埋没していた過去の記憶がだんだんと鮮明になってゆく。だが結末は、実は容疑者は死んでいた。

誰もみな、抗しえない「死」である。生涯の親友の江藤淳さんは最初期の数作を読んだだけで、石原作品はみな死の影が差していると指摘した。さすがである。

石原文学は、「生と死」、あるいは「性と死」をモチーフとした前衛的な純文学だった。

（2007・8・9）

追記：石原慎太郎さんは2022年に逝去された。思想はまったくの対極の人だが、ボクにとって、最初期の彼は憧れの短編小説家だった。合掌。

調子がヘン

2ちゃんねる（現5ちゃんねる）やおバカなブログだけかと思っていたら、どうも違ったようだ。「やだぁぁ！」という下品な女子の雄叫びを、AV女優らのアイドルグループ「恵比寿★マスカッツ」の番組などで、日常でも聞くようになった。なにせ「すみません」を「サーセン」と言う人たちだ。

ボクが小学校の頃から、女子の「ギャーッ」という叫びはあった。

長じて、会社の課内旅行の時に、車の中に小さな虫が迷い込む。同じ後部座席の課の女性が「ギャーッ」と叫ぶから、空中の虫を手で掴んで、彼女に軽く放った。そして出たのが、「やだぁぁ！」だった。

「責任をとってください」と女性は泣き叫ぶ。ドライバーの課長は「オマエはいったいなにをしたのだ」というふうに、ムスッとした顔で振り返る。悪夢だ。

そんなボクが、「ドヒャー、そしてガーン」という映画に昨晩、出くわした。

『クリスティーナの好きなコト』である。まあ、イケイケ姉ちゃんが男遊びをしまくり、コスプレする映画である。

全編、おバカ会話が横溢（おういつ）し、ある意味で最高に頭が悪くなる映画である。同じキャメロン・ディアスの『SEXテープ』と双璧をなす。

つまり、くだらない冗談（cheap jokes）満載が、この映画のすべてだ。

おバカ会話の映画では、下ネタ（dirty jokes）とおバカな会話（stupid jokes）が、程よく混じっている。

低俗コメディは大好物だが、ここまで極めると、さすがにたじろぐ。キャメロン・ディアスもよく演じたものだが、極めつけはセルマ・ブレアである。

でも究極のお下劣映画は、なんか笑って許してしまうようなところがある。「身体を張って頑張ったから、許すか」みたいな感じだ。

そのベースになるのが演技力だ。「こんな映画に、本気を出してどうする」と思う一方で、手を抜かないのは女子の鏡だなとも思う。

ボクの品性もかなりアヤシイものだが、それでも書けないシーンもある。お下品すぎて書けないが、半眼を剥いているセルマ・ブレアのお姿が健気で、妙に可愛い。この際、許そう。

一説には、「バカと下劣は伝染しやすい」といわれているが、伝染したかは定かではない。ただ、乏しい理性は吹っ飛び、一気にハイ・テンションになった。

まあ、「ありえねーよ」の領域の映画だし、ボクの精神状態も勘繰られそうだが、たまには、こういうのもありだ。まっ、いっか。

（2008・12・9）

もう一度

難問的雑用が終わり、久しぶりに仕事部屋に出かける。いつも通り抜けする大学はもう春休みなのか、ひっそりとしている。

ユーミンの『最後の春休み』の歌詞ではないが、感傷的な風景が広がっているような気がした。春休みの学校のロッカーに忘れたものを取りに行く。「ひっそりとした長い廊下を歩いていたら、泣きたくなった」(『最後の春休み』、松任谷由実作詞)というせつないキブンは、フム、よくわかる。

裏門から入って左側に、紅梅が数輪咲いている。誰もいないので近づいて匂いをかぐ。奥ゆかしいけれど、ほんのりお酒のような匂いがする。小さな紅梅の花は繊細なつくりで、黄色いしべをつけた茶巾絞りの練りきりのようである。

以前、月夜にこの紅梅を見たことがある。最初はぼんやりで、だんだん近づくと何とも艶やかで愛らしく、辺り一面に妖しい気配が漂っていた。

昨夜は、ロブ・ライナー監督の『最高の人生のはじめ方』を観た。モーガン・フリーマンの役は、交通事故の障害を持つアル中の書けなくなった作家で、避暑地の湖畔の別荘のキャビンで、一夏を過ごす。お隣は、離婚した3人の子持ちの中年女性で、『サイドウェイ』で素敵だったヴァージニア・

マドセンが住んでいる。なんか、ボクの理想の老後の状況設定に似ていた。

物語はよくあるパターンだが、冒頭には、ビーチボーイズの「Don't Worry Baby」が流れ、月夜の晩には、ベートーヴェンの「ピアノ・ソナタ 第8番 悲愴 第2楽章」が、お隣さんのピアノから流れる。老いらくの恋が静かに進んでいく。

筏を組んで、湖の向こうの美しい小さな無人島に行くシークエンスは、「スタンド・バイ・ミー」のようだ。いくつか、ご都合主義もあるにはあるが、さほど気にならない。

モーガン・フリーマンが言う。

「一つのドアが閉じると、もう一つのドアが開く」

フム、そこには希望がある。夜に観る映画は、できれば絶望的な映画は避けたい。

このところ、寝しなにドラマ『バツ彼』を観ている。いっとき、寝しなにケラリーノ・サンドロヴィッチ演出の舞台劇の『カメレオンズ・リップ』を観ていたけれど、『バツ彼』の吉祥寺南口の丸井の先の「いせや」の石段の坂や、井の頭公園の雑木林や、池の丸太の柵がとても懐かしい。登場人物の男性陣がみんな、恋愛の負け組というのもご同輩である。だから身に染みてわかる。

さて残りの我が人生は、恋愛はともかく、70才までは思いっきり、ハードに生きてみたい。とはいえ、ズル休みしたり、とことん飲んだりのハメ外しこそが、人生の醍醐味である。


(2005・2・3)

晩ご飯が終わってからしたこと

ヒマだから、昨晩風呂に入って晩ご飯が終わった後にしたことを、順繰りに並べてみる。アルコール・ホリディが4日間続くから、今日もたぶん似たようなことになる。なぜ4日の休肝日かと言うと、土曜日にたらふく飲むからだ。

まず、お茶を飲んだ。玄米茶だ。何回も注ぎ足して飲むから、緑茶の方がよかったなとブツブツ独り言を言ってみる。

歯を磨かなければならないけれど、その前に済ましておかなければならないことは何か、考えてみる。あ、ハッサクとミカンを食そう。ハッサクはほろ苦く、ミカンはほのかな甘みがあった。

痔の手当てをしないといけない。尾籠(びろう)な話だが、この病とのお付き合いは、もうかれこれ40年になる。サッカーの練習の時、地べたにペタリと座り、円陣を組んだ時に悪化した。大学の1年の時だ。

忘れもしないのは、25年前のことだ。あまりの悪化に2日間寝たきりになったことがある。座ることすらできない。寝ていても痛い。局所は悲惨な状態だ。タクシーで会社に行こうと思うが、後部シートにも座れない。

母が特効薬を買ってきてくれた。漢方薬の飲み薬だ。薬はお湯に溶いて飲む粉薬だが、泥の水のようになる。味も泥湯を飲むような感じだ。これは効くだろうという確信があった。こんなつらい思いをして効かないわけがない。そう思っていたら、案の定効いた。

3日目にタクシーで麹町四丁目の会社に出社すると、同僚たちは手術して治せと言う。入社しての女性社員まで同じことを言う。

けれど、この恐怖の3日間でも酒は止めなかった。我ながら侍だなと自負している。人はそれを自滅型だと言う。まあ、見解の相違である。今は泥湯の薬は最後の手段で、平時は、みんなが使っている泡サニーナとボラギノールA軟膏で十分だ。

そして歯を磨く。

志水辰夫さんの文庫本を半分ほど読んだ。先日、『行きずりの街』で魅了されてから、病みつきになった。それにしても多彩な作家である。作品ごとにかなり作風が変わる。

数日前に買った伊東ゆかりさんのCD『Touch me Lightly』を、少し聴く。「18才の彼」は名曲だった。金子由香利さんも素敵だが、それよりずっと好きだ。

DVDの『愛と青春の旅だち』を観る。劇場でも観たから、2度目だ。テイラー・ハックフォード監督は、社会派の名匠である。この映画を観たときは、軍国主義映画とはもちろん思わなかったけれど、青春映画の監督だと思っていた。

その後の彼の映画をずっと観ていると、ブルーカラーの視点に立つ映像作家であることがわかった。この作品でも、ヒロインは製紙工場の女工だ。

やはり感動的だったのは、卒業して鬼軍曹の教官に挨拶する場面だ。鬼軍曹は卒業時点で身分は逆転し、卒業生の一人一人を敬語で祝う。主人公が「忘れない」と言うと、「早く行け」と一瞬、タメ口になるのがよい味だった。

もう一つは、製糸工場のラストの移動撮影である。横移動だけだと思っていたら、斜めの縦の移動もあって、最初からかなりの才人だったのだなと感心した。

あと、主題歌「Up Where We Belong」は、やっぱりいい。ほかにも、モーリス・アルバートの「フィーリング」なども流れていた。

DVDを観ている間に、トイレに立ったりお茶を飲んだりしていた。ほかには、座ったままでできる軽い腹筋などしていた。

なぜだか知らないが、五十肩が奇跡的に治った。放っておくと、忘れた頃に治るっていうのは、本当だった。左手がまったく上がらなかった。もともとは、マーケットでハッサク、夏みかんを山ほど買い込んで、担ぎ屋のように持ち帰ったときに痛めたのだった。あまりの痛さに骨肉腫かと思ったくらいだ。

映画が終わると、12時少し前だ。まだ寝る気にならない。ジョナサン・ハスラム著『誠実という悪徳』（現代思潮新社）を手にとったけど、どうも気が乗らない。E・H・カーの評伝だ。偉人なのは知っているが、どうにも食指が動かない。

武田百合子さんの『日日雑記』を書棚から引っ張り出して読むと、これがめっちゃくちゃ面白い。『富士日記』も、上・中・下の全部読んでいた。『富士日記』は、たしか川上弘美さんが絶賛していて、それに影響されて読んだのだった。川上さんも読んで感動して、富士山のふもとの民宿に泊まったと書いていた。

『日日雑記』は読みやすいし、何より楽しい。今までどうして読まなかったのだろう。こういう知らなかった本は、結構たくさんあるんだと思う。

ある晴れた暖かいお正月にアメ横に出かけて、買い物をした後に、遅いお昼を食べに食堂に行く話があった。食堂は満席で、しばらく待たされる。武田百合子さんは陳列棚に並べてある模型の見本料理を眺めている。

いろんな料理のろう細工の模型がある。それを見ながら、武田さんはこう綴った。

「つくづくと眺めていたら、突然、あの世って淋しいところなんだろうな。あの世にはこういう賑やかさはないだろうな。こういうものがごたごたとあるところで、もうしばらく生きていたいという気持ちが、お湯のようにこみ上げてきた」

（『日日雑記』、中公文庫）

この頃、武田さんはかなり心臓が悪くなっていて、このすぐ後に亡くなられたのを知って読んでいると、込みあげるものがあってウルウルしてしまった。

昔、スタンリー・クレイマー監督の『渚にて』を観たときを思い出した。原爆を落とした国なのに、よくもこんな映画が作れたものだとムカツキながら、世界が滅亡しても、ボクは生きていたいと思った。

なんだかんだいいながら、健康でいられるのは、本当に幸せなことだ。

（２００８・３・26）

枯葉のソネット

毎年この季節になると、大手町のカルガモ池のあるM社の会議室にカンヅメになった頃を思い出す。もう、20年近く前だ。

大手町のM社の15階には、会議室がたくさん集まっていて、その一つを借切りにしてもらった。ボクと入社2年目の男性社員の2人っきりで、10月から12月末まで、朝の9時から17時30分までは、その会議室にカンヅメになって仕事をしていた。

エレベーターは12階までノンストップがあり、そこから各階停止のエレベーターに乗り換えてもよいし、階段を上ってもすぐだ。

会議室からは、皇居とお堀が見下ろせた。日が短い季節になっていた。皇居は緑がいっぱいあるので、黄昏どきの黄金（こがね）色の空の下で、黒っぽくなっていく緑の塊の風景をいつも見ていた。

17時になると、皇居側の窓のシャッターは自動的に降りてくる。皇居の夕景は遮断され、もったいないことするなあと思った。

17時30分を過ぎると、きりのいいところで仕事はやめた。いつも地下の社員用の居酒屋レストランで、飲んでいた。

ホタルイカの沖漬けのような酒肴と焼き魚、なべ物など、まあ、リーズナブルな値段よりかなり安かった。ごくたまに、エライ人に会うのが玉に瑕（きず）である。21時頃には終わってしまうので、飲み足りなければ、隣のパレスホテルで23時過ぎ頃まで飲んだ。気持ちはまだ若かった。

平将門の首塚がM社に隣接していた。猫の額くらいの小さなスペースだった。だが、首塚に背を向けると、たたりがあるというので、みんな大きなプロジェクトを手がけるときはお参りをしていた。いつも美しい花が献花されていた。

毎年、枯葉が舞い、コートを着る季節になると、20年近く前の15階から見下ろした皇居の夕景を思い出す。流れた時間を考えると、しばし、ボーゼンとしてしまう。

（2007・11・13）

さよならを言うのは、少しだけ死ぬことだ

デジャヴという言葉が、やけにはやっている。

映画にもなった。フランス語で心理学用語らしいが、「既視感」と訳しているようだ。行ったこともないい見たことともない体験なのに、なぜか懐かしいという感じで、理解している。

昔、武満徹さんがレイモンド・チャンドラーの小説には、「イマジナリー・ランドスケープ」があると書いていた。「想像上の光景」というのも、いまやデジャヴの範疇かもしれない。

チャンドラーのセリフは、その時々のキブンや体調によって、たまらなく鼻につくときがある。情緒過剰だからだ。

「ギムレットには早すぎる」

「夕方、開店したばかりのバーは空気がきれいで、すべてが輝いている。ひんやりしていて、ぴかぴかのグラスが棚に並び、出番を待っている」

うろ覚えのところもあるが、「さよならを言うのは、少しだけ死ぬことだ」というのも、体の調子さえよければ、「うふふ、気障(きざ)な言い回しだけど、文学しているよね」ということで済む。

結城昌治さん(真木探偵シリーズ)はロスマク(ロス・マクドナルド)の系譜になるのだろうが、

結城さんは「後期チャンドラーには、憂愁がある」と評していた。至言である。憂愁と受けとめるか、湿っているから嫌いかは、好みの問題だ。けれど前期とか後期とか言うと、哲学者のウィトゲンシュタインみたいで、なにやらすごく偉そうだ。

『さむけ』のロスマクは透明感があり、好きだ。訳者の小笠原豊樹さんの文章がかなり貢献していたように思う。

いつも謎の失踪があって、探偵が介入すると、アメリカ家庭が崩壊するパターンが定着してから、ロスマクは段々とつまらなくなった。むしろ、奥様のマーガレット・ミラーのサスペンス・ミステリの方が面白い。

チャンドラーもどうせ再訳するなら、村上春樹センセイではなく、村上博基さんならよかったのに、などと思ってしまう。稲葉明雄（稲葉由紀）さんだと、なんか思いっきり古風な美文になりそうだ。と言っても、『ロング・グッドバイ』再訳（'07）時点で稲葉さんは没していた。

まあ、当時の学生の皆が、つげ義春さんや吉本隆明さんを読んでいるときに、娯楽小説のロスマクやリング・ラードナーを読んでいた。ノンポリで非モテだから鬱屈していた。

その頃のボクは、サスペンス小説なら「コーネル・ウールリッチよりパトQ（パトリック・クエンティン）が好き」というように、渋好みというか、斜に構えた読み方をしていた。所属していたミステリを愛好するサークルでも、メジャーよりマイナーな作家を愛する傾向があった。

だが、チャンドラーだけは、違った。カーター・ブラウンのような軽ハードボイルド小説が軽んじられるのは仕方ないが、チャンドラーだけは、ダシール・ハメットやロスマクより頭一つ抜きん出た存在だった。

毎年、チャンドラー忌になると、客のいない開店直後のバーで「ギムレットには早すぎる」と唱え、ギムレットを飲んだ。

ちなみに我がイマジナリー・ランドスケープが思い浮かぶ作家なら、当時だと、松本清張さんだった。短いセンテンスの文体が大好きだった。『黒い樹海』や『蒼い描点』、そして『黒い福音』などは、デジャヴな光景がマザマザと浮かんだ。『蒼い描点』の影響で、箱根宮ノ下の「対星館」には何度も泊まった。ただ、原作から思い描いた風景とは、すこし違っていたかもしれない。

でも、イマジナリー・ランドスケープなんて、そんなものかもしれない。追体験すればガッカリもするし、なにもしなければ、勝手に思い描いたイメージのまま留まる。どちらでもいいではないか。

（2007・7・21）

白モクレンが咲く頃に

このところ、雑件があって何回か博多に行った。先月末、肩の凝らない勉強会のようなものがあって、そのあとで飲み会に誘われる。な、なんと水炊きの店だという。

実は酒呑みになっても、唯一、越えられない壁がある。それが鶏料理だ。水炊きだけは死んでもダメである。

幹事の友人から、「自分も鶏は苦手だが、刺身も出るし、もつ鍋にも変えてもらえるから、行こうよ」と強く誘われる。やはりビールの誘惑に負け、行こうという気分になる。

みんなは水炊きに生ビールを飲んでいるのに、末席のボクらは手酌の瓶ビールで、もつ鍋をつつく。みんながとり天を食べているのに、こちらは野菜天ぷらを食す。

いくつになっても、協調性がないのは変わらない。だから昔、会社の女性たちから、「ホントに我儘なんだから」と呆れられた。そんなこともあったな、とシミジミ思い出に浸る。でも、無理して性格を変えると、歪んだ性格がもっと歪むよなと、速攻で居直る。

大部屋の大人数の宴だが、我が末席だけ、別メニューの異文化になってしまった。それでも酒がすすみ、ビールは2本で止め、あつあつの日本酒を飲む。

「遠い昔、向かいの家がブロイラー事業者で、家の前のどぶに鶏のトサカなどが流れて来て、それがトラウマになったんだ」と友人に話す。

別メニューの料理を運んでくる、こっちを見ていた切れ長の目の本仮屋ユイカさん似の若い女性が、「それなら、わたしも食べれなくなります」と、ばかにキッパリと言い切ってくれた。

「お店の人がそんなことを言ってはいけないよ」と言いつつ、まっすぐな視線が微笑ましく、まぶしい。久しく忘れていた気分が蘇り、心のなかに、華やいだ風が騒がしく吹く。

こりゃあ、春の椿事だなと、ひとりごとを言う。

今月末に45年ぶりの同窓会がある。この頃、お世話になった前の職場の上司のことなど時々思い出す。

上司とは浦安で落ちあってよく飲み、2次会でカラオケに行き、つい帰るのが面倒くさくなって、よくタクシーで帰った。

常磐自動車道の柏ＩＣで降りて、国道16号を八千代方面に向かう。左手に京樽があり、左折すると、赤レンガの分譲地が広がった。現地案内所そばの上司の家の門扉のそばには、ハナミズキの主木があった。

上司を送って、帰り道をタクシーで走ると、真夜中の白モクレンは、大粒な雪が積もっているように見えた。

この年令になって、ようやく人生は急勾配の下りの坂になったのに気づく。まあ、成功したとはとてもいえないし、「本当にやりたいのは、まだこれからさ」と思いきかせている。

「いつもいつも急いでいたので、（中略）考えれば、自分の流れを汲みとる事にばかり急いでいたのだ」（『いつもいつも野の中で』）というような、永瀬清子さんの散文詩があった。谷川俊太郎さんが、『ひとり暮らし』（新潮文庫）で、引用していたので知った。

フム、忙しくするのはよいことだろうけれど、程度問題だ。

今年もそろそろ、あちこちの住宅に、いつものように白モクレンの花が咲く。


（2014・3・5）

探偵さんは、いつもボッコボコ

志水辰夫さんの『行きずりの街』を今頃になって読んだ。これが抜群に面白い。読書家でなくても、「なにを今さら」という話題だ。恥ずかしいが、あちこちに読み落とした作品がたくさんある。まあ、老後の楽しみでもある。

25年以上前に、ぜったいにボクの好みのはずだと、ミステリ通の友人から強く薦められた作家だ。ボク好みの文章だとも聞いた。

どうせ読むなら、ときどき詩人のような感覚的なヒラメキがある文章が好きだ。柄じゃないが、好みはそうだ。だから、志水辰夫さんの作品も、何度か読むのを試みたが、どうもキブンが乗らなくて前半で放り投げてしまった。類稀なる文章力といったって、そんなに上手いのかなあという感じだった。

今回、はじめて本気で読んだ。一作だけだから見切り発車だが、なるほど、たしかにボク好みのスタイルだった。

かなりキザな文章が部分的に散らばり、それがなんとも心地よい。

「男はみんな糸の切れた凧になりたがるものなのだ。それで女が苦労している」

こういうセリフが描写の中に目立たぬよう埋め込まれていて、忘れた頃にまた現れる。地名が固有名詞なのもよい。場所が輪郭のくっきりとしたイメージになり、絵が浮かぶ。

とりわけ、広尾から六本木までの描写が冴えている。それも、90年代初頭のバブルの時代の頃だ。鷺宮あたりの光景の描写もいい。

女の人の描き方がチャンドラーほど柔ではなく、ロスマクほど透明でもない。適度に叙情的なのだが、観察には酷薄な視線があって、乾いた感傷に留まっている。フム、シミタツ節と短縮形で愛されているのがよく理解できた。

スタイルをもったハード・ボイルド作家は、日本ではまだ稀有だ。主人公はあちこちでボコボコにされるが、またルックスもぼんやりしているが、いかにも素人探偵の雰囲気があっていい。ちょっぴりクールで、情もある。インテリで内省的だが、無鉄砲でもある。

「凡庸にして、ヒロイック」な要素が、ハードボイルドの主人公には不可欠だ。それが男の色気になる。

この作家の本当に優れた資質は、冒険小説にあるのではなく、正統派ハードボイルド小説か、都会的な短編小説にあるように思った。


（2010・3・14）

追記：この記事を書いた時は、珠玉短編集『いまひとたびの』などの彼の普通小説を読んでいない。『いまひとたびの』は代表作「赤いバス」を含め粒ぞろいだ。一番好きな「七年のち」について追記したい。

亡くなった元会社の友人の愛娘の就職祝いが故人のマンション宅で行われる。3名の同期入社の友人たちが呼ばれる。通夜から7年が経過した桜の季節だ。会社を辞めて独立した初老間近の主人公は故人を守れなかったという苦い思いを抱き続けていた。そんな主人公と〝七年のち〟の故人の愛娘との淡い心の交流が爽やかに描かれていた。「もう一度だけ」という願いを切り取っただけの普通小説だが、ボクには忘れられないステキな短編小説になった。

補（2024・7・31）

ケーキをしばらく食べていない

仕事場に行く途中に、自由ヶ丘や大岡山あたりにありそうな、地中海風の黄色い外観のケーキ屋さんがある。そのお店の新作ケーキが「長かー、ナガカロール」だそうだ。「県劇ブラボー」の第2弾のケーキである。もちもちの驚きの食感で、ロールケーキのサプライズというふれこみだ。

ケーキをしばらく食べていない。

実は、ケーキを20年近く食べていない。前の会社で3時のおやつで、ラム酒をたっぷり含んだサバランを食して以来、口にしていない。

「ナガカロール」もまた長いのだろう。「県劇ブラボー」はクラリネットやオーボエのように持って食せと誰かが言っていた。

ならば、「ナガカロール」は暮れ方に、縁起のよい方角に向かって「長かー」と唱えれば、福を呼び込むことになるかもしれない。まあ、福は来ずとも、ガブッと丸かぶりすれば、ストレス解消にはなるはずだ。

長いロールケーキだから、中味はいちじくジャム、マンゴー、バナナ、マロンでも悪くないなどと妄想で遊ぶ。しばらくして、空しくなった。基本、ケーキは不得手である。別にどこかが悪いわけではない。スイーツを控えるのが、何気にからだによいような気はする。
「苺のくるくる」というのもあった。「一文字のぐるぐる」は我が地熊本の名物だが、「苺のくるくる」は全く、絵が思い浮かばない。「一文字のぐるぐる」は、ワケギか小ネギの白根の短い部分を葉で包んだり、腰巻のようにぐるぐると巻きつけたものだ。酢味噌で食べるのが一般的だが、そのままでも、しょう油をたらしても美味しい。

生来、食べ物も服装も淡白と淡彩を愛し、カラフルなのは得意ではないが、この季節はカラフルがお似合いである。

「苺のくるくる」は、どんな形状だろうと想像が膨らむ。風車ではないから、くるくると回転するはずはない。どうやら、ハート形に切ったいちごをロールケーキ生地か、食パンで巻き上げる説が有力のようだ。前者はケーキで、後者はサンドイッチになる。

ケーキ屋さんの裏手の住宅の白モクレンの花が、茶色っぽく枯れている。

枯れアジサイや枯れ白モクレンなどは、写真が得意なら嬉々として写していたに違いない。今年も、そろそろ桜の季節である。

（2009・3・17）

「バスで四時に」

老母が買ってきたピーチティーをしぶしぶ飲む。

なるほど、桃の匂いが立ち上る。これは、きっと邪道だろうと訝りつつ、ズズっと啜(すす)る。やっぱりね。ま、不味(まず)い。

がしかし、トワ・エ・モアふうに表現すれば、「或る日そっと、近づく二人」（『或る日突然』、山上路夫作詞）になり、やみつきな味に変わった。

ふん、生意気なヤツめ。「お前なんか、大嫌いだ」、少しして、だが「ちょっと待て」、ひょっとしたら「ちょっと好きかも」って、我が人生で幾度、繰り返したことだろう。

してみると、ベランダで繁茂している匍匐系と屹立(きつりつ)系の2鉢のローズマリーなど、そろそろ賞味してみようか。葉をむしって香りを嗅ぐと、フム、楠の樟脳(しょうのう)のような匂いがする。きっと、緑っぽい味のハーブティーになるかもしれない。まだ、試したことはないけれど、体や脳の朝の目覚めにはよさそうだ。

そういえば、『ハムレット』では、オフィーリアの「ローズマリーを忘れないで」というセリフがあった。「思い出を忘れないで」という意味のようだ。まあ、「私を忘れないで」なら、forget-me-not（忘れな草）だ。ハーブティーは、そのうち試してみよう。

今朝、ボーっとしていて、老母の泡洗顔せっけんを使ってしまった。なんだか、いい香りがする。ネットで調べたら、「安っぽいフローラルベリーの香り」などと書いてある。安っぽい香りに感動して、悪かったなと少しむかつく。

でもボクにとっては、なんだか春っぽい、仄(ほの)かにフルーティな香りが心地よかった。

昨日は夏日のようだった。夕方の帰り道、水玉模様のワンピースの少女とすれ違う。久しぶりの水玉模様だなと、しばし見惚(みと)れる。

はるか遠い昔には、水玉模様のワンピースの女子をよく見た気がする。よく知らないけれど、水玉模様とか、円形がもっと小さなドット柄の全盛は、昭和までかもしれない。

『絶対安全剃刀』すら読んでいないが、高野文子さんの作品に「バスで四時に」（『棒がいっぽん』、マガジンハウス）という短編マンガがあった。

お見合いに向かう心もとないヒロインは、シュークリームの入った箱を持ってバスに乗る。お相手のお母さんが水玉模様のワンピースだった。

ヒロインの不安がビミョーな感じで伝わって、傍目には初々しいが、本人はきっと心細いんだろうなと思った。

ボクは男だからホントのところは分からないけれど、ボクも子供から思春期の頃までは、寄る辺ないキブンになることがしばしばあった。もう正体不明なかすかな不安や心細さのようなものは、とうの昔になくなった。今や、殺風景でせわしないない目先のことしか考えていない。平和と言えば平和だが、ちょっとだけ、味気ない。

（2014・5・11）

『ブリジット・ジョーンズの日記』

『ブリジット・ジョーンズの日記』を再見した。

初見の後に、それ以前にＢＢＣから放映されたドラマ『コリン・ファース 高慢と偏見』（ＤＶＤ）を観たので、いくつか発見があった。前者は２００１年の映画作品で、後者は１９９５年のテレビドラマだ。

役者名がＤＶＤのタイトルに入るのは、やっぱりすごい。トム・クルーズやブラッド・ピットならわかるが、コリン・ファースはどちらかと言えば渋いイケメンで、派手さはない。

しかし、ＢＢＣからリアルタイムで放映された時は、本当にイギリスを席巻したようだ。我が国でも昔々、菊田一夫さん作の『君の名は』の放送時間になると、銭湯の女風呂が空になったという。イギリスでも通りから人は消え、ドラマにドップリとハマったヘレン・フィールディング（イギリスの作家）は、その現代バージョンを書いた。それが『ブリジット・ジョーンズの日記』だ。

ヘレン・フィールディングがのめり込んだというのは、大袈裟な表現ではない。『ブリジット・ジョーンズの日記』でも、コリン・ファースはマーク・ダーシーという役名である。『高慢と偏見』のダーシー卿の名前のままだった。

『ブリジット・ジョーンズの日記』は、ズッコケ調のラブコメには違いないが、結構、細部に工夫が凝らされていた。ラブコメとして観るならとてもよくできている。

最初のターキーカレーのパーティーから、トナカイのタートルネックのセーターを着てコリン・ファースは登場する。かなりのマザコンである。

33才独身のヒロインを演じるのはレネー・ゼルウィガーで、心はヒュー・グラントとコリン・ファースの2人の男性の間で揺れ動く。

といっても、タバコはスパスパ吸うしワインはがぶ飲みで、ウオッカもグイグイと飲む。何をやってもヘマばかりの、そうとうなズッコケ女である。この頃のレネーはまだ初々しい。ファニーである。

ヒュー・グラントくんはといえば、レネー・ゼルウィガーが勤務する出版社の上司だが、絵にかいたようなチャラ男で、笑っちゃうくらいの女好きである。ホントにこれが地なんじゃないのというくらい、出色の演技である。

コリン・ファースは、いつ見てもスーツがお似合いである。悪趣味なネクタイはコメディだから御愛嬌だ。

上司のグラントくんとレネーがベッドイン中に、レネーの母親から呼び出し電話がかかってくる。母親はデパートで、ゆで卵の殻むき器の実演販売をしているのだが、呼び出されたレネーがデパートに向かう途中でぶつぶつ呟くセリフがある。

「これって、普遍的な真理らしい。人生のある部分がうまく回りだしたとたん…」である。

この「これって、普遍的な真理らしい」というセリフ回しは、ジェーン・オースティンからの引用である。『高慢と偏見』の有名な書き出しだ。

「これって、普遍的な真理らしい。富を持った独身男性は、みんな花嫁募集中にちがいない」が、本物である。

他にもお遊びが随所に散りばめられているようだ。だが、ジェーン・オースティンの文学を貶（おとし）めるものではない。本質の部分は忠実にオリジナルをなぞっている。

毒舌を吐く面々のディナーに参加し、レネーがボロボロになって帰るとき、弁護士のコリン・ファースが追いかけてくる。レネーのいろんな欠点や難点を並べ立て、そうは思うのだが、「君への気持ちは、抑えられない」というシークエンスは、『高慢と偏見』の第1回目のプロポーズとまったく同じだった。

純文学はあまり読まないが、ジェーン・オースティンだけは、ほとんど読んだ。それは、イングランドの田園風景の描写が好きだからだ。

ミステリのアガサ・クリスティの田園風景も好きだった。クリスティは普通小説も数作だが、書いている。中原弓彦さん（小林信彦）も、クリスティの風景は、ジェーン・オースティンのようだと書いていた。

英国の女性作家ジェーン・オースティンの生涯は、イギリスの産業革命のさなかだった。だが、彼女の小説では工業化には触れていない。

田園風景での噂話や、条件のよい（家柄もよく、裕福で、ハンサムで、知的で、背が高いなど）殿方選びの話を書いた。『高慢と偏見』が、最高傑作だと思う。

正直に言えば、ボクには、ジェーン・オースティン先生の皮肉や心理などの微妙なニュアンスを語る資格などない。

なぜなら、博識でモテ男の先輩から、「これを読んどけば、文学少女にもてるぜ」とそそのかされ、高校時代にしぶしぶ読んだというのがホントだからだ。そんなご利益などなかったけれど。

（2008・9・15）

真夏の湖

夏になると、水辺が恋しい。武蔵小金井と府中の中間に住んでいた時は、多摩川によく出かけた。夏の川原を歩くだけだ。釣りをするわけではなかったが、川原に下りて夏の川面を見て、なんとなく時間を過ごして、電車に揺られて帰った。

この南の地、熊本に越してからは、市内にある江津湖の遊歩道の散策が楽しい。近くに川もあるが、小さな川だ。涼しい菊池渓谷もあるが、こちらは少し遠い。前の住所の時は、早朝、よく湖のほとりを散歩した。朝霧で景色がぼやけると、ファンタジックな光景だった。

日暮れになると、夕日の紗幕(しゃまく)が降りてきて、栈橋の屋形船を染めた。屋形船は滑るようにゆっくり走った。

松本清張さんの『影の地帯』を中学の時に読んだ。初めての清張作品だった。冒頭近くの、ヒッチ(アルフレッド・ヒッチコック)師匠の『裏窓』をめぐる会話など、本筋とは、まったく無関係なのだが、今でも憶えている。

この小説は清張作品の中で、そんなに高い評価ではないようだが、ボクは大好きだ。

信州の四つの湖に謎の木箱が投げ込まれる。そして、代議士が失踪をする。湖底を捜索しても、いつ回収されたのか、木箱は消えている。

この小説が印象に残っているのは、主人公のカメラマンが撮影で次々と訪れる木崎湖、青木湖、野尻湖、諏訪湖などの湖の風景が、いつもながら、行ったこともないのに絵が浮かぶからだ。信濃地方の町の佇まいも、短いセンテンスの簡潔な文体で描かれた。

熊本の湖も汚染が進んでいるらしいのだが、市内にも拘らず観光名所になっていないのがよい。だから自然にほとんど手が入っていない。昭和30年代には漁師さんがいたという。

夏の風物詩の湖の花火大会も、なかなか楽しい。水辺の花火はきれいだ。黒い夜空に、ドーンという音とともにオレンジ色の大輪の菊の花が咲き、だんだんと大きく紅く広がってゆき、やがて噴水のように青く枝垂れる。上空と同じように、湖が鏡のように映す光の花もとても美しい。

だが湖の花火は打ち切られ、他に移転してしまった。ガッカリだが、その理由は湖の隣に動物園があり、その動物達がおびえるからだという。そっか。だったら、仕方ない。


（2012・8・29）

追記：江津湖の花火大会は2011年から中断されたが、2015年に再開されている。

ちょっとせつない同窓会

このあいだ、中原俊監督の『櫻の園』を観た。大傑作だった。

同監督作品の『12人の優しい日本人』『Lie lie Lie』『コキーユ 貝殻』の3作をまとめて拝見した。

『12人の優しい日本人』は、シドニー・ルメット監督の『12人の怒れる男』を研究し尽くして、さらに捻った佳作だった。コメディ仕立てになっていて、大傑作だった映画のその上を狙う脚本家の三谷幸喜さんの志の高さが輝いている。

感心したのは、堂々たるミステリであったことだ。そうそうできることではない。ワンセット・ドラマだが、中原監督はがっちりとしたドラマに作り上げた。

『Lie lie Lie』では、洒脱な演出が試みられた。けれど、作品としてはイマイチだった。「してやったり」感がない。ジェフリー・アーチャーのような本格的な騙しあい合戦にしていたら、小競り合いが楽しい犯罪サスペンスになっていたかもしれない。ジョージ・ロイ・ヒル監督の『スティング』のようなハイセンスな映画は、日本ではまだまだできそうにない。

『コキーユ 貝殻』は若かりし頃を懐かしむ、よくある物語だが一番好きだ。コキーユは貝殻というフランス語だそうだ。

「私の耳は 貝の殻
海の響きを懐かしむ」

（「耳」、『月下の一群』所収、講談社）

この物語は、おそらくこのジャン・コクトーの「耳」（堀口大學訳）からの着想だろう。幼い頃に貝殻で耳を塞いで、海の音を聞く遊びだ。

この映画では、貝殻（コキーユ）は二つの意味を持っている。子供の頃、あこがれていた小林薫さんから、偶然貝殻をもらう。風吹ジュンさんにとって、その貝殻は宝物になった。だから、大人になってスナックを開店する時も、「コキーユ」という名前にした。

もう一つの意味は、主人公の小林薫さんの片側の耳が聞こえなかったということだ。中学の卒業式の前日に、少女は勇気を奮い起こして、少年の耳もとに何かを囁（ささや）く。だが、その言葉は届かない。彼の聞こえない方の耳に囁いたからだ。

そして30年の年月が流れる。女はずっと男を思い続けていた。結婚しても、子供が生まれても、その想いは変わらない。女は離婚し、中学生の一人娘と帰郷する。そして、スナック「コキーユ」を開店した。

同窓会で、2人は30年ぶりの再会を果たす。小林薫さんの片側の耳が聞こえないことを初めて知る。

小林薫さんと風吹ジュンさんは不倫関係となる。だが、寸止めのような感じで描かれている。それが男のエゴイズムとして描かれていないぶん、ある種、大人のメルヘンになった。

この映画の風吹ジュンさんはとても魅力的だ。年を重ねても、可愛らしい女性だ。老け役だった『ピュア』の和久井映見さんの母親役とは、まるで別人のようだ。

圧巻は、赤石沢の2人の道行きのようなシークエンスである。紅葉の盛りの森を横移動するカメラワークが素晴らしい。滝、渓谷、夜のバス停、宿の灯り、朝の混浴露天風呂のシーンがとても叙情的だ。

やがて季節は冬になる。雪が降っている。雪のなか、紅いショールを掛けた風吹ジュンさんが、紫の傘をさして、振り向いて微笑む姿がなんとも愛らしい。結末がアンハッピーなのに、爽やかなのは、このショットのお陰だ。

無神経にひやかす、出世頭の益岡徹さんを殴り倒すラスト近くの場面など、じんわり心に沁みる。

初恋へのレクイエムがモチーフだが、ボクがあと10才若かったら、こういう夢を見てみたい。

ラストの同窓会は蛇足だったような気もする。墓参りのときに、風吹ジュンさんの娘に邂逅(かいこう)したところで終わっていたら、もっと傑作になりえたようにも思う。

（2008・2・21）

伊藤エミさんの想い出

大好きだったザ・ピーナッツのお姉さんの伊藤エミさんが亡くなった。

いつの日か、こんな日が来るのだろうなあと勝手に思っていた。たいして年も違わないのに、その通りになって不思議だし、とても悲しい。

伊藤エミさんは、テレビ画面では左側のちょっとだけ細面の人で、低いパートを担当した。双生児ならではのハーモニーをゾクゾクして聴いていた。

小学校の頃は、6時間目の授業が終わると、ざわざわした中での解放感はひとしおで、本当に楽しかった。

「ねえねえ、知ってるかい？」

「双子は先に生まれたのが妹で、あとで生まれたのが姉なのさ」などという話をしていた。

「へええ、そうなんだ」と素直に感心して、聞いていた。

ザ・ピーナッツといえば、なんといっても、日曜日の午後6時30分からの『シャボン玉ホリデー』だ。冒頭の牛乳石鹸提供『シャボン玉ホリデー』の後に、ザ・ピーナッツのテーマ曲が流れた。

後年になって、昔のザ・ピーナッツを聴いて、その歌唱力に驚いた。リアルタイムで見たり聴いたりしたときは、宮川泰さんのメロディー、原色が多かったような気がする衣装、小井戸秀宅さんの振り付けが印象的だった。今あらためて聴くと、中低音部の声がよく通る。美空ひばりさんと同じように、ある意味でドスが効いていて、すごくインパクトが強い。ハモらないパートは同じメロディーの二重録音と同じである。

ミニスカートで踊っていたのも忘れられない。ボクが中学校の頃は、超ミニで歌って踊るのを見るのが楽しみだった。トランジスターグラマーという言葉が当時流行っていて、とてもセクシーだった。今思い返すと、『ふりむかないで』や『恋のバカンス』、すこしマイナーだと『ジューン・ブライド』など大好きだった。宮川泰さんならではの曲だった。

今2番目に聞きたいのは、『レモンのキッス』である。

「恋をした 女の子
誰でもが好きなこと
目をとじて しずかに待つ
あまいレモンのキッスよ」

(『レモンのキッス』、みナみカズみ訳詞)

『レモンのキッス』は、画家を目指していた学生時代のみナみカズみさん(安井かずみ)の訳詞だ。その頃は、女子の気持ちなどまったく理解できなかったけれど、甘い乙女チックな歌詞だなと漠然と思っていた。安井かずみさんは早熟な才女で、彼女が作詞した『おしゃべりな真珠』を聴いた時に、日本のフランソワーズ・サガンのようだと思った。

ザ・ピーナッツで一番好きなのは、永六輔さん作詞、中村八大さん作曲の『私と私』である。映画も観ていた。怪獣映画と併映だった。

今思うと、新聞の連載小説だった川端康成センセイの『古都』を俗っぽく、でも楽しくパクったようなプログラム・ピクチャーだった。エーリッヒ・ケストナーの『ふたりのロッテ』がヒントだという説もあるが、作家の中野実さんは「週刊平凡」に、ザ・ピーナッツの映画の原作小説として『私と私』を書いた。新聞小説が終わったのは映画の半年前だったし、ボクは『古都』だと思っている。伊藤エミさんの東伊豆のバスの車掌さんの姿をまた観てみたい。

一度引退したら、もう二度と戻らないという2人の生き様は、潔くカッコよい。心からそう思う。伊藤エミさんに合掌。


（2012・6・29）

オジサンの日傘

昨日の我が地の最高気温は、38・1度だったそうだ。

所用があり、街に出る。夏、真っ盛りである。夏は暑くても当たり前だ。気温が体温を大きく超えたことくらいでジタバタしてどうする。

「病は気から」で、「熱中症も気から」だ。大騒ぎするのはいかがなものかと、平然を装う。プリプリのお姉さんたちの「世界でいちばん熱い夏」でも口ずさみ、暑さなんて吹き飛ばしてしまおう。のはずだったが、「あじぃ…」。太陽はギラギラ、暑い空気は陽炎のように揺らめいて、時々、意識がフッと飛びそうになる。「と、溶けるぅ」という感じだ。

さすがに女性だけでなく、男性も日傘の代わりにこうもり傘をさして炎天下を歩いている。

こうもり傘は、いつも携行するのが癖になっている。といっても、日傘としては使わない。持っていないと、腕時計やスマホを忘れたような、なんとも落ち着かない気分になる。身体のバランスが崩れて、情緒不安に陥る。

もちろん、佐野洋子さん（絵本作家）の「雨がふったらポンポロロン。雨がふったらピッチャンチャン」の雨の歌のように、雨降りになれば、いつも手持ちの傘をさす。だが、さすがに男たるもの、猛暑でも、日傘はさしたくない。それは、ボクのささやかな矜持に反する。

そういえば、昔のテレビに、『バット・マスターソン』があった。『バークにまかせろ』のジーン・バリーが、いつも山高帽にこうもり傘を持っていた。

実は、ボクがこうもり傘だと思い込んでいたのはステッキだったと、ずっとあとになって友人が教えてくれた。

この年齢になってやっと気付いたのだが、老害が少なくない。子供の頃の記憶となると、思い込みが激しく、記憶違いのまま独り決めしていることがしばしばある。けれどそうではなく、昔は正確に記憶していたことを、自分に都合よく無意識に記憶を上書きしていたのではないか。だとすれば、老害である。できれば、記憶違いでありたい。

ひょっとしたら、この暑いのに、持ってるだけのこうもり傘は、傍から見たら、ものすごくカッコ悪いことかもしれない。そういえば、さっきすれ違ったお上品な日傘のお姉さんは、いたましそうに、見ていた気がする。

なんだか悲しくなって、陽かげの全くない道を傘をささず、しょんぼり帰る。

（2013・8・20）

ヘップバーンのサングラス

若い頃は、正月休みをどう過ごそうかなど考えたこともなかった。世の中が静まりかえっていようが、ぜんぜん意に介さずだった。もちろん、初詣もおせちにも興味などなかった。

高校に入った頃、元旦に、オードリー・ヘップバーンの『おしゃれ泥棒』を観に行った。日比谷映画だったと思うが、記憶違いかもしれない。

美術館から贋作のヴィーナス像を、贋作者の父親を守るために盗み出すロマンティック・コメディだ。開巻、ヘップバーンは真っ白いドレスに、白の帽子に、白のサングラスという白ずくめで登場した。なんてエレガントなんだろうと思った。

そういえば、『私をスキーに連れてって』の原田知世さんも、白ずくめだった。上下が白のスキーウエアで、白いニット帽に白のサングラスだ。右手を銃のように構えて「バーン」と撃つふりをすると、格好よく滑っていた三上博史さんが転ぶシーンがあった。映画は大ヒットして、ゲレンデには白ずくめの女子が溢れた。

ヘップバーンのサングラス姿は、本当にカッコよかった。サングラスのつるを噛んで上眼遣いで見上げるのも、清潔な色気があった。堪らない。

「棒のついたキャンディー ヘップバーンのサングラス 霧の中のエアポート 淋しそうな野良犬 雨上がりの匂い」（『私の好きなもの』）が好きという、佐良直美さんのボサノヴァの歌もあった。

最近では、女子たちが季節外れのサングラスをかけて、街中や大学のキャンパスを闊歩する。偏見で申し訳ないが、最強に似合わないし、なんか怖い。


さて歳月は流れ、今年の元旦は、雑煮におせちにおとそなどいただき、まったりとくつろいだ。お昼頃近く、薄い日差しが輝き出したので、すぐ近くの神社に初詣に行く。元旦なのに、結構人通りが多い。自転車が通りを走り過ぎて行く。

元旦は、昔のように静まりかえっているのではないようだ。

大きな楠の老樹のある神社で、二礼二拍手一礼する間、巫女さんがおはらいをしてくれた。いつもとは違う狭い小路を、迷うかなあと心細く帰ると、案の定、行き止まりだった。仕方なく左折してより狭い小路を行くと、すこし大きな通りに出たが、迷子になった。

どうにかなるだろうと、通りを戻るつもりで右折すると、サザンカの生垣のよく知っているキリスト教系の高校の校門に出た。

今年の正月は、たまには読書で過ごそうと思って新聞広告を見ると、ダニエル・カーネマンの本があり、ちょっとだけ興味をそそられた。同じ出版社から、『さよなら、愛しい人』（村上春樹訳）が出版されている。

でも、チャンドラーだけは、村上春樹センセイの訳では読みたくない。清水俊二さんと双葉十三郎センセイで、十分だ。

村上春樹センセイのスコット・フィッツジェラルドの翻訳は、すでに何作も出版されているが、こちらはぜひ読みたい。けれど『さよなら、愛しい人』というタイトルの訳からして、ボクの感覚とは違いすぎる。低視聴率の80年代のドラマのタイトルのようだ。

新春早々、村上春樹ファンの地雷を踏んでしまった。熱狂的な村上ファンの皆様、以後、発言に気をつけるので、お許しください。

（2013・1・1）

ちょっとだけ、シアワセ気分

梅雨である。

世の中の人はずっと忙しいのだろうが、ボクは久しぶりに忙しい。

夜すこしヒマになってＤＶＤを観ると、登場人物がボクと同じネクタイをしている。

榮倉奈々さんがこともあろうに、今日、ボクが締めていたものと全く同じネクタイをしていた。

なんだかフクザツな気分になった。

「たまにはシアワセな気分に浸ろうね」ということで、『結婚しない』のＤＶＤを観る。花屋さんが舞台だし、天海祐希さんが造園デザイナーなのも気に入っていた。

最近になって、時々チラッと思うのだが、還暦を過ぎてから毒気が抜けて、女性化したような気がしないでもない。このドラマも、花と花言葉がモチーフである。たとえば、ガーベラの花言葉などに、還暦を過ぎようが、若かろうが、男が興味津々になるのは、あまり自慢にはならない。

実は、高校生の頃に、将来は丸の内のオフィスビルのテナントの花屋になることに憧れた。30代の後半になり、家を建てる準備をし始めた頃になると造園業に憧れた。専門書を数十冊読破して、作庭技法など少し学んで、図面描きなどしてみた。

ドラマでは深夜に菅野美穂さんがバラに囲まれた公園で一人だけでビールを飲み、噴水を眺めている。それなりに若い女性が真夜中の公園に出掛けて大丈夫なのかなどと、いらぬことを考えつつ、すっかりシアワセ気分である。ネット検索して、場所は里見公園だと、ロケ地を知る。

このバラの公園は、昔、病院だったという。さらに、夜泣き石もあるという。なんか怖そうでもある。

昔、島田荘司さんの本格推理小説にはまった時期があった。やっぱり本格パズラーは、とびきりの謎が提示されないとつまらない。

不可能犯罪こそ、推理小説の醍醐味だ。『北の夕鶴2/3の殺人』では、夜泣き石がすすり泣く場面があった。その時には鎧、兜をつけた武者の幽霊が目撃され、しっかりと写真に写り込んでいたりする。ジョン・ディクスン・カーを読んだときのように、深夜にゾッとして後ろを振り返った記憶がある。吉敷刑事が愛する元妻のために命懸けになるのに、ぐっとくる物語だった。だったら復縁すればいいのにという、割り切れない不満も残った。

でも、『結婚しない』は、なんともしみじみとさみしく、それでいてあたたかな気持ちになれる、近来まれなドラマだ。なによりも、寝しなに観ると、とてもシアワセな気分で眠れる。

（2013・6・15）

『彼女が水着にきがえたら』

朝早く、木々から一斉にシャシャシャシャ…とセミの声がかまびすしい。クマゼミだ。子供の頃、昆虫少年だった。東京ではクマゼミを見たことも、声を聞いたことすらなかった。

近くの大学に大きな図書館がある。その脇に芝の築山（つきやま）があり、CMの「この木何の木、気になる木」に出てくるような大樹がある。白い花が咲いているから不思議に思って、傍によって確かめると、百日紅（サルスベリ）だった。百日紅にこんな巨木があるとは、思いもよらなかった。ちょっと感動だなあ。

毎日、猛暑日が続く。久しぶりに映画ばかり観ている。

快調で、おバカな映画『彼女が水着にきがえたら』のDVDを昨夜観た。ボクはこの映画をリアルタイムで観ている。たしか柏の映画館だった。

夜のヨットハーバーでの、ガール・ミーツ・ボーイの話だ。男女の順番が逆転しているけど、やっぱり女性が先行するのが、この映画にはふさわしい。原田知世さんミーツ織田裕二さんの、かなりぶっとんだ現代のおとぎ話だ。

韓国人の大富豪の宝石を積んだ飛行機（ダグラスDC－3）が墜落し、湘南の海に眠るという話の骨格から、「ありえなくね」という物語だ。その宝探しと、宝石を狙う謎の第三国人が墜落場所を知った主人公たちを追いかける荒唐無稽なアクション映画である。

まあ、海賊ゴッコと宝探しの青春群像映画だ。いつも通り、ミディアム・ショットの映像がテンポよく編集されている。

タイトルバックは、ジャック・ドゥミ監督の『ロシュフォールの恋人たち』みたいでハイセンスだった。宝探しも、ロベール・アンリコ監督の『冒険者たち』を思い出した。『明日に向って撃て！』や斉藤耕一監督の『無宿』と並んで、『冒険者たち』のオマージュ映画と言ってよい。『冒険者たち』は、アラン・ドロンが呟くように歌う「レティシア、（きみがボクのすべてだったのを）ボクは知らなかった」という挿入歌とフランソワ・ド・ルーベの音楽も素敵で、ボクが一番好きな映画かもしれない。

軽快でスポーティーなホイチョイプロダクションの3部作を観るたびに、ああ、ボクも昔はアウトドア派だったなと思う。大学1年の頃、サッカーに没頭したけれど、結局体調を壊してやめてしまった。

映画のタイトルバックの浦安マリーナは、少しだけ土地勘があった。東京湾から見る貿易センタービルの夜景も懐かしい。

ラスト近くの追っかけのアクション・シーンがめちゃめちゃ楽しい。芝浦桟橋から木場あたりの東京湾の夜の海が広がり、逃げるクルーザーにライトを灯したジェット・スキーやジェット・メイト（ボート）が追いかける。ヘリあり、花火ありで華々しい。

他にも、ホバークラフトで車を追いかけてぶっ壊れたりして、とにかく賑やかなのだ。ボク的には、個人用の2人乗りの潜水艦が大好きだった。あれは本当に欲しい。

サザンオールスターズの音楽が、全編を流れるが、『さよならベイビー』の「大人になれない」という歌詞が、五十路後半のボクにはかなり苦い。

陸の場面は、湘南の水戸浜や鎌倉高校あたりが舞台だが、海中は沖縄の座間味島で撮影したそうだ。だから海へ飛び込むと、水中の透明度がゼンゼン違う。湘南ではありえない。透明な海、カラフルな魚とサンゴが美しい。

スマホ（あっても弁当箱サイズのケータイ）やパソコンはないが、バブル時代の風俗が描かれていた。悪びれることなく、お金を派手に使う。

ただ、そうはいっても、船上パーティーの描き方などを見ていると、監督の馬場康夫さんは節度をわきまえて演出している。007シリーズの『ゴールドフィンガー』や『サンダーボール作戦』など、ハリウッド映画のパロディー精神もゴキゲンである。

映画を観終わって、谷啓さんが食べていたパエリアを無性に食したくなる。ビールも飲みたい。それもバドワイザーをたらふく飲みたい衝動が抑えきれない。

結局、4日連続で飲んでしまった。まっ、いっか。


（2008・7・31）

『ボク達は、この星で出会った』

ピアノも弾けないのに、生意気に音楽のことを語ってよいのだろうかと、時々反省する。

中村八大さんは、日本を代表する洋楽系の作曲家だ。もし八大さんと宮川泰さんがいなかったら、今のJ‐POPはどうなっていただろう。八大さんは、最初はジャズ・ピアニストだった。

八大さんのピアノは、オスカー・ピーターソンのようなガーンという大きな音とは真逆だった。音は小さく、上品だった。小さな音でも単音の切れが抜群で、おそらくクラシックの素養が並外れていたからだろう。オリジナル・ビッグ・フォア時代の八大さんの『イエスタデイズ』を聴くとよくわかる。

日本では、ジャズの人気はすぐに下降し、斜陽となった。ロカビリーの時代に代わり、八大さんは作曲家に転じる。初期の5年間くらいは、イマジネーション豊かな曲を書いた。溢れ出る才気にまかせて、颯爽とミュージックシーンを駆け抜けた。

天才と呼ばれる作家は、しばしばアッという間に頂点を極めてしまう。頂点を極めた曲には、完璧な瞬間があった。たとえば、『夢であいましょう』のテーマ曲『私と私』『どこかで』などである。

また『上を向いて歩こう』『遠くへ行きたい』そして『こんにちは赤ちゃん』などの大ヒット曲に

も完璧な感触がある。たとえば、『こんにちは赤ちゃん』は、八代さんには珍しい日本的表拍(おもてはく)の作品である。Ａメロ、Ａ′メロ、サビの後に、ブリッジのメロが挿入されて、サビとＡメロをつなぐ構成になっている。「ふたりだけの　愛のしるし…」がクラッシックの『ガヴォット』(ゴセック作曲)のようなブリッジで、斬新だった。

この頃の八大さんは、たった一人で日本のミュージックシーンを背負って立っているような使命感があったのではないか。それくらい圧倒的な才能の違いがあった。少なくとも、同い年の宮川泰さんはそう言っていた。

だが、その後の八大さんは糖尿病と鬱(うつ)病の悪化もあり、作曲家としての精彩を欠く。『ステージ１０１』の音楽監督やイージーリスニングのピアノの演奏アルバムなど数多くあるが、少なくとも、作家性においては、逆Ｖ字型の長い墜落となった。60才を越したばかりで、「体中の機能を使いきっている状況」と医者から告知された。才能を切り売りしないで突き進むと、そうなるのかもしれない。

中村八大さんが亡くなる前年の『ぼく達はこの星で出会った』には、久しぶりに八大さんの作家性が発揮されている。最後の光彩を放つ曲だった。この曲は、第1回古関裕而記念音楽祭金賞曲に選ばれた。八大さんは子供のように喜んだという。往年を知る人たちは、想いは複雑だったようだ。なるほど、「スイングジャーナル」誌のピアニスト部門では、20才でトップになった。『上を向いて歩こう』は、「ビルボード」「キャッシュボックス」の両誌で、1位にランクされた。

その後も海外のリメイク版で、何度も「ビルボード」にはランクインしている。けれど、メジャーじゃない賞でも、八大さんは本当に嬉しかったのだと思う。純粋な人だったのだ。

遺作『ぼく達はこの星で出会った』の作詞は永六輔さんではなく、山上路夫さんだ。ボクは、谷川俊太郎さんの名作『二十億光年の孤独』を思い出した。遠い昔に『文學界』で読んだ。叙情的だが、鮮烈な詩だった。

「二十億光年の孤独に
僕は思わずくしゃみをした」
（『二十億光年の孤独』）

八大さんの『ぼく達はこの星で出会った』は、松崎しげるさんと小学生のコーラスの作品だが、さがゆきさんの歌、渋谷毅さんのピアノの曲も素晴らしい。さがゆきさんは、八大さんの最後の専属シンガーだった。

「何億光年　宇宙の果ては知らないけれど　ぼくは君を愛するために　この星に生まれた」（『ぼく達はこの星で出会った』）のサビを、さがゆきさんはたどたどしく聴こえるくらいスローで、丁寧に歌った。渾身の歌だった。

彼女の想いのようなものが伝わってきてジーンとなった。もちろん、気持ちのよいジーンである。

（２００８・４・14）

長靴

雨降りになると、道がぬかるんで足もとの悪かった時代は、みな長靴をはいた。今はどこも舗装されて、ドロンコ道を靴下までぐっちゃり濡らして歩くことはほとんどない。

実は、中学生くらいの女子が長靴を履いているのを見ると、とても好感を持つ。長靴フェチやロリコンというような不謹慎なものではない。

ガッポガッポするので歩きにくく、見栄えもダサい長靴をはく思春期女子の心意気が好きなのである。男も女もカッコ悪いよりも、カッコよい方がよいに決まっている。

だが、我慢できないくらいに足もとが悪い時や、撥ね返る雨で靴下が足に貼りつきそうな時は、長靴を履くに越したことはない。カッコばかりを気にするのは、くだらない。

第一、「シアワセの始まりは、足もとからやってくる」のだ。

『青い鳥』にあるように、幸せはすぐ身近にあり、身だしなみは足元からなのは、普遍の真理である。

ボクらの時代は、小学校や中学校の学校の下駄箱には長靴が入らなかった。学校の玄関前の適当なところに置いていた。だから目立った。今はどうなっているのだろう。好きなドラマだが、暗い印象の『鈴木先生』では神秘的な女子中学生（土屋太鳳）が、雨降りの日に黄色い合羽と長靴で登校してくる。主人公の鈴木先生（長谷川博己）は、「イカしてる」と大喜びだが、相変わらず長靴の置き場はなかった。

後年になって、ミニスカートで足を大胆に露出して、ロングブーツで闊歩する女性がとても素敵に見えた。少なくとも60年代の後半の頃には、ミニスカートは流行していた。ミニに合わせるようにロングブーツが流行したのは、たぶんツイッギーが先駆けだったような気がする。

日本のタレントでは、キャンディーズの頃がミニの盛りで、いったん下火になった後、90年代の後半に安室奈美恵さんや浜崎あゆみさんなどの、ａｖｅｘ系の女性歌手が復活させた。やっぱり、コーディネートは、ミニスカ×ロングブーツに限る。

この好みは、長靴で育った幼少期への郷愁かもしれない。けれど、ミニスカも長靴もロングブーツも、似合う日本人の女性は案外少ない。

ともあれ、長靴よ、永遠なれである。

（２０１６・３・14）

わが心のバリー・レヴィンソン

映画『ダイナー』では、ボビー・ダーリンの『ビヨンド・ザ・シー』が流れていた。ゴキゲンだった。バリー・レヴィンソン監督が、大のお気に入りである。

『ダイナー』は『アメリカン・グラフィティ』より数年前の設定だが、グッド・オールド・デイズのアメリカ映画に変わりない。

バリー・レヴィンソンは、20年くらい昔、監督の名前だけで映画を観に行った数少ない監督だ。そんな映画監督は、他にはジュゼッペ・トルナトーレとウォルター・ヒルくらいだった。

いわゆる芸術系や大監督とは一味違っていた。それなら代わりはたくさんいる。マニアックというのか、映画通好みの作品を数多く作った。映画通という言葉を使うと、なんか意識高い系のような不遜（ふそん）な響きがある。評論家気どりであまり好きじゃない。心底、大好きな監督だったということだ。

でも、ボクが大好きな監督はあまり長続きしない。大抵、才におぼれて、墓穴を掘るタイプが多い。まあ、ヒッチ師匠とビリー・ワイルダー大先生は違うけれど、お二人は別格だ。

ボクが思春期の頃の御ヒイキだと、ジャック・スマイト、シドニー・J・フューリー、シルヴィオ・ナリッツァーノ、ロベール・アンリコなどだった。これらの監督作品だったら、ロードショーの初日の朝一番に駆けつけた。

バリー・レヴィンソン監督は、結論から先に言えば、82年から90年の『ナチュラル』『レインマン』『わが心のボルチモア』の3作が全てだ。『バグジー』は代表作の翌年だが、作家的な衰えが明らかになった作品だ。でも佳作である。

彼の監督第一作の『ダイナー』(1982)から、その後のレヴィンソンの軌跡を振り返ってみたい。レヴィンソンの作風は、次の1から4に分類できる。

1　自伝的映画
2　ノスタルジー映画
3　おバカな映画
4　社会派映画

1と2が、レヴィンソン監督の真骨頂である。まずは処女作の『ダイナー』の粗筋(あらすじ)から辿る。

舞台は50年代末のボルチモアだ。クリスマス休暇になって、5人の高校生時代の仲間が故郷の場末のダイナーに集まってくる。集まった仲間には既婚者もいて、みな20代前半くらいである。集まると、セックス好きのしょうもないおバカな会話ばかりしている。まあ観ているボクも、「そんなことがあった、あった」という気分だった。

ケビン・ベーコンがイカレた役を演じているが、かなり即興ふうに見えた。この映画には、先の分類の1、2、3の要素がすでに出揃っていた。

1の自伝的というは、ボルチモアが舞台であることだ。2のノスタルジーは、時代設定が50年代末であった。3のおバカというのは、仲間同士のくだけた会話から見て取れた。

1の自伝的作風の代表なら、『わが心のボルチモア』や『スリーパーズ』である。監督自身がユダヤ系移民だ。だから、「1914年にアメリカへきた」というナレーションで始まる『わが心のボルチモア』の開巻には圧倒的な興奮があった。独立祭の花火が夢のように美しい。家族愛とレヴィンソンの故郷のボルチモアへの愛がじんわりと心に沁みてくる名作だ。お店を火事で全焼させてしまった子供と父親の会話など、とてもいい味だ。

やがて歳月は過ぎて、老人ホームにいる主人公を大人になった子供が見舞いに行くラスト近くは、華やいだ開巻のシークエンスがフラッシュのように挿入され、満足で納得のゆく人生なのに、老境のさみしさが胸に沁みた。

『スリーパーズ』は、『ダイナー』の負の青春映画だ。実話映画である。少年4人組の友情物語で、少年のうち2人が被告になる。神父のロバート・デ・ニーロの偽証により4人が共謀した殺人の罪から逃れる話だった。後期の一番の力作だが、正直、どうにも後味が悪い。

2のノスタルジー映画の系譜には、『ナチュラル』『バグジー』がある。

『ナチュラル』は、30年代の野球プレイヤーを描いており、『フィールド・オブ・ドリームズ』でお馴染みの「シューレス・ジョー」をモデルにしているが、破滅の悲劇を改変してハッピーエンドに仕立てた。

天才野球選手が女性ストーカーのバーバラ・ハーシーにピストルで撃たれるが、復活を遂げるというドラマティックな物語だ。逆光線の撮影など凝った映像もあって、瑞々しいタッチの爽やかな映画だ。親子のキャッチボール、ネブラスカからシカゴへの汽車の旅、その道中で事件は起きるのだが、大人のメルヘンといってもよい。

『バグジー』は、ニューヨークの暗黒街の顔役バグジーの栄光と悲惨を描いた映画だ。ウォーレン・ベイティの主人公の抑えがきかない狂気と、うらはらな気弱な孤独との内面的葛藤がうまく描かれている。射殺されるシーンは、衝撃的だった。

ウォーレン・ベイティというのは不思議な人で、度を越したプレイボーイなのに、リベラル左派のインテリで、映画製作などの功績も只者ではない。今は、すっかり落ち着いて、アネット・ベニングとお幸せのようでなによりだ。

3のおバカな映画は、『バンディッツ』と『隣のリッチマン』だろう。前者はおバカなロードムービーだし、後者はナンセンスとドタバタの中間をいくコメディだ。どちらもおバカ映画では上質なほうだが、洗練されたコメディには至らない。

4の社会派映画が、一番出来が悪い。マイケル・クライトン原作の『ディスクロージャー』や『ウワサの真相／ワグ・ザ・ドッグ』がそれだ。面白そうになる題材なのに、隔靴掻痒（かっかそうよう）である。こういう中途半端な作品が一番困る。

前者のデミ・ムーアとマイケル・ダグラスの冒頭近くの絡みはかなりエロティックだが、権力闘争やM＆Aのサスペンス醸成の本筋の方は不完全燃焼だった。

後者となると、政治風刺ともコメディともどっちつかずで、正体不明な作品だ。形容矛盾の「キモ可愛い」と言われたキルスティン・ダンストがチョイ役で出演しているのが唯一のお楽しみだ。

唯一の例外が『グッドモーニング、ベトナム』である。サイゴンの放送で、名優ロビン・ウィリアムズが連発するジョークはちっとも面白くない。どちらかといえばベトナム人側に立った心情が丁寧に描かれていた。戦争は個人の善意などではどうにもならないことを、シビアな観点から強く訴えた、大傑作になり損ねの佳作だ。

さて、『レインマン』の位置付けだが、1と2の両方を満たした秀作である。振られて落ち込んだダスティン・ホフマンを弟トム・クルーズの恋人が気遣い、ダンスして、キスする場面など、とってもよい味で、グッとくるものがあった。演技よし、物語よし、ロマンティックでもあり、幻想的でもある。そして、ラストには爽やかな感傷が残る。文句なしの傑作だ。

それにしても、バリー・レヴィンソンのような監督さんは、なかなか出てきませんね。

（2007・9・3）

麦藁帽子とミニスカート

初夏である。

気が早いが、麦藁(むぎわら)帽子が大好きだ。かすかに焦げたような匂いがする。焦げたような匂いというのは、堀辰雄センセイの『麦藁帽子』からのパクリである。麦藁帽子には、永遠の青春を感じる。なぜだろう。

たぶん最初は、ヘルマン・ヘッセの『青春は美わし』(新潮文庫、高橋健二訳)の影響だ。主人公が何年ぶりかに汽車で帰省する。何も変わらない実家で、昔恋した少女と再会する。その少女がつば広の麦藁帽子をかぶっていた。まあ、主人公はあっちにもこっちにも振られる。美しく描かれてはいるが、やっぱり苦い。

でも今となると、やっぱりジブリのインパクトが圧倒的である。『風立ちぬ』の里見菜穂子さんの風に飛ばされた麦藁帽子だけでなく、『おもひでぽろぽろ』も『耳をすませば』も『未来少年コナン』(ジブリ以前)も、そして『となりのトトロ』や『魔女の宅急便』も、みんな麦藁帽子だった。

「生きているということ

いま生きているということ
それはミニスカート」

（「生きる」、『うつむく青年』所収、サンリオ出版）

こちらも、谷川俊太郎センセイの「生きる」からの抜粋だ。「それはミニスカート」というフレーズには、心地よい衝撃がある。ガーンという感じだ。ボクは、ミニスカートに清潔な色気と初夏らしさを感じる。

この季節は水辺が恋しい。20代の後半の頃になっても、まだ学生気分が抜けきれないで、気がのらないとよく会社をサボって多摩川の川原に行った。水辺で、弁当屋で一番安かった揚げちくわだけの「ノリ弁当」を食べた。

鉄橋があって、ときおり小田急電車がかたんかたんと通った。

成瀬巳喜男監督の『女の座』では、この川土手を法要の会食のため、三橋達也さんがふざけながら、司葉子さんや星由里子さんたちと歩くシーンがあった。

川原では釣り人達が糸をたらし、同じくらいの見物する人がのぞき込んでいた。ロマンスカーが鉄橋を渡る。川は静かに流れ、夏雲が空に浮かぶ。

子供の頃、このあたりにカブト虫を捕まえに来たことがあったなと、遠い昔を思い出した。

昨日のことのようだ。

（2014・5・19）

歳末のハードボイルド小説

歳末である。

スーパーや地元唯一のデパートへ行くと、ジングルベルの音楽が流れる。なんか、すごく久しぶりに聞いた。

テレビでは、ワム!の『ラスト・クリスマス』やマライア・キャリーの『All I want for christmas is you』、山下達郎さんの『クリスマス・イブ』が流れ、映画では、『ウィンター・ワンダーランド』が流れる時代が続いている。

ボクの子供の頃だと、この季節は『ジングルベル』一色になった。あとは、ビング・クロスビーかパット・ブーンの『ホワイト・クリスマス』だった。

ハードボイルドという語源は、固ゆで卵からだ。

半熟が美味で、消化にも良いとされているけれど、ボクの好みは、お湯がグラングランになるくらいまで茹でた、黄身がカチンコチンになるくらいがちょうどよい。

いつのころからか、ハードボイルド小説が好きになった。ミステリ読書の順番だと、エラリー・

クイーン、ジョン・ディスクン・カー、アガサ・クリスティの順だった。

もちろん、その前に、松本清張や江戸川乱歩を読み、さらにその前に黒岩重吾のような社会風俗を描いた小説にも、どっぷり浸った。

一人の作家にはまると、その作家の作品を読み漁るという行き当たりばったりの読み方だったので、ジグザグ模様の読書歴である。

けれど、海外本格ミステリもそうだったが、ハードボイルド小説も、ダシール・ハメット、チャンドラー、ロスマクの順番を守って読んだ。ことミステリ読書に関しては、保守的だ。

卵の茹で加減の固さなら、やはりハメットが一番だ。

ボクは、ロスマクの小笠原豊樹さん訳の『ウィチャリー家の女』や『縞模様の霊柩車』の、端正な描写が好きだった。もちろん、訳者の文章が滑らかで格調高かったこともある。

チャンドラーは、カリフォルニアの太陽と風土の中で、気障なセリフが飛び交い、あまり乾いているとはいえない感傷が揺曳（ようえい）する物語展開が作風だった。ただ、妙に余韻が残ることには抵抗があった。たぶん、自分の感性への近親憎悪というヤツかもしれない。

あるべき姿としては、ハメットがハードボイルド小説の王道だと思っている。でも、メランコリックな描写が散見されるチャンドラーが、やはりとても気になる存在だった。時系列に読み進むと、『長いお別れ』が、後期に深まる憂愁が一番色濃い。

和風チャンドラーならば、生島治郎さんの『追いつめる』や三浦浩さんの『薔薇の眠り』を思い出す。結城昌治さんの私立探偵真木シリーズは、ロスマクのイメージだった。『暗い落日』など、透明なタッチの文章が大好きだった。

河野典生さんも、チャンドラー系の作家だった。

そんな中で、冒険ミステリとハードボイルド小説の垣根が低くなる時期が訪れる。そんな作品に、アラ還の頃に出逢った。

志水辰夫さんの『裂けて海峡』だ。代表作といわれる『行きずりの街』よりも好きだ。終章にかけての悲壮感あふれる破調の文章がド迫力である。思うがまま、一気呵成に畳みかける疾走感に胸が苦しくなって、老境に差し掛かったボクは打ちのめされた。

な、なんなんだ。この過剰な感傷が気持ちよいのは、なぜだ。

やっぱり、ハードボイルド小説のエッセンスは、都会の夜の闇を無鉄砲に生きることを志しながら、タフにはなり切れない心情を誰かに向かって伝えたいという一点にあるのではないか。

残りの人生を意識するのはさみしいことだけれど、映画を観て、読書し、そして楽しく酒が飲め、「ゆっくりとまったりと」生きていければ、それこそが滋味に溢れる余生だと、この頃思う。

（2020・12・14）

イワシの丸干し

休肝日が続くと、イワシの丸干しをよく食す。今の集合住宅は都市ガスなので焼き魚がおいしい。ただ、老母伝来の食中毒のリスク回避のために、強火でつい焼き過ぎる。フライパンではなく網で焼くので頭のあたりが真っ黒になる。両面がふっくら焼けた頃合いで食すのが、丁度よい焼き加減なのだろう。だが、菌や寄生虫が生き残っていたとしても、おかげで、食中毒には生まれてから一度もなっていない。

イワシは頭ごと食せと、過日、さかなクン博士が言っていた。もとより、焦げた頭でもしっかり食す。だから、焼き過ぎでも、まっ、いっか。

イワシの丸干しは、お酒のあてとしてもサイコーである。飲めない日のご飯のおともにもふさわしい。七城米の新米のアツアツご飯に、イワシの丸干しというのは、相性抜群だ。

もう昔話になってしまったけれど、土光敏夫さんが臨調（臨時行政調査会）の頃、ご飯のおかずにうるめいわしの丸干しを食しているのをテレビで見た。あれはうまそうな朝めしだった。

今のボクの夕食のお楽しみは、イワシの丸干しに納豆とメカブ、焼いた野菜、あとは味噌汁があればよい。そして、アツアツのご飯があれば、十分だ。

晩ご飯が終わると、さっさと自室に引き上げて、時代劇のＤＶＤを観ている。

『真田太平記』を観て、『夜桜お染』『剣客商売』が続く。『夜桜お染』はオリジナル脚本だが、池波正太郎作品の映像化が多い気がする。

『真田太平記』では、お江役の遥くららさんがキリリと美しく、入浴シーンもある。いつもながら紺野美沙子さんも綺麗だし、岡田有希子さんも可愛い。

若村麻由美さんの『夜桜お染』は婀娜っぽいし、大路恵美さんの『剣客商売』の三冬殿の女剣士がこれまた凛々しい。うっ、堪らん。

最近、『美男ですね』で、黒髪ショートの男装が魅力的だった、瀧本美織さんが三冬殿を演じているという。こりゃぁ、楽しみだ。

まあ、時代劇の醍醐味は、チャンバラと美しい女優さんにある。やっぱり、華やかな十二単姿もよいものである。かなり重そうではある。

市川右太衛門さんの『旗本退屈男』と大川橋蔵さんの『新吾十番勝負』がボクの映画との出会いだった。桜町弘子さんや大川恵子さんの美しいお姫様に憧れた。桜町さんは、橋蔵さんとは相性抜群のお姫様だった。大川恵子さんは、『旗本退屈男』や『新吾十番勝負』にも数多く出演した。気品のある王道のお姫様だった。もともとは日活アクションではなく、東映時代劇で育った。

かくして、今宵も更けていく。

寝しなに、神宮外苑のイチョウ並木をゆっくり落下する黄葉や、永観堂の橋を彩るモミジの紅葉が、ちらっと頭を過(よぎ)った。今年も秋が闌(た)けていく。

（2020・11・14）

りんごパン

朝食はいつも、石窯ライ麦パンか玄米パンが多い。

今朝は、りんごパンを食した。形状は歪んだげんこつ型だ。えらくいびつな形は妙な曲線美があり、なんかいいなって思う。「侘び」、「寂」は今や、グローバルなＷＡＢＩ-ＳＡＢＩとなった。もともとは、簡素な中に趣を感じる美意識のことだ。

立原正秋さんらしくない、やや俗っぽい小説『春の鐘』では、ヒロインの性格と美しさをいびつな白磁に喩えた。


子供の頃から、チョコレートパンの形が嫌いだった。

巻貝のような、ちょっとラッパのようでもあり人工的な気がした。いまでもクロワッサンやデニッシュなど同じ趣向に思えて、得意ではない。

皿の上のかなり巨大なりんごパンに、じぃーっと見入る。いびつなげんこつのようなふくらみは、そこはかとなく色っぽい。そう思うのは、ボクがそっち系に過敏だからかもしれない。

で、お味はどうだったのか。ひと口むしると、淡い紅茶の味がする。濃い目ではなく、仄かな紅茶の味だ。本物のアップルティーは香りが非常に強く、甘いというからそれとは違う。

りんごパンの生地は、なにげに紅茶色っぽく見えなくもない。

スライスしようかと老母が言う。野獣派はちぎって食べたり、スライスなどしてはならない。ワイルド系男子なら、ガブッと噛みつくものだ。

齧(かじ)った。う、うまい。

羽毛布団とまではいかないが、適度なフカフカの食感がよい。ガブリ、ガブリと食べたあとで、はて、りんごは入っていたのだろうかと疑問に思う。

まっ、いいではないか。さみしいような紅茶の甘さが、ほんの少し口の中に残った。

遠い昔、小学校の帰り道のパン屋さんで、焼きたてのクローバー型の三色パンやメロンパンをよく買った。立ち食いしながら帰った。

自宅前の砂利をまいた夕暮れの道が、一瞬蘇る。


（2013・1・30）

あの頃は、いつも映画だった

還暦過ぎから俄(にわ)かに同窓会が増えた。学生時代の友人の全員と言ってもいいくらいが、ボクの印象は、映画三昧だったと言う。目立つところなど何もないから、映画三昧の印象がなければ、「あんたはどこの誰?」になっていたかもしれない。

高校時代のラジオの映画や音楽番組などでは、毎週、試写会の招待があった。ボクはいつも4枚か5枚の応募ハガキを書いた。往復ハガキだったような気がするが、違っているかもしれない。いつも2枚くらいの試写会の招待状が来た。最悪でも1枚は当たった。

試写会の会場は銀座ガスホールか、内幸町のイイノホールが多かった。どちらも今はもうない。試写会は、いつも18時頃から始まった。

映画三昧は長いようだが、実際は、高校1年生から大学4年生までの7年間に限定できる。思えば、勉強からの長い逃亡のようでもある。実際、期末の試験勉強などしていると、たまらなく映画やミステリ小説を読みたくなる。

映画をあまり観なくなったのはアルコールを飲むようになり、居酒屋通いの日々になったからだと思っていた。

最近になって思うのだが、観なくなったのは、映画への一体感が無くなったからではないか。大学の時だ。倶楽部のノートに、「こんな楽しい映画だったら、三日三晩、飲まず食わずでも、ずっと映画を観てみたい」と綴って、仲間から呆れられた。けれど、それはホンネだった。

どうして映画との一体感が希薄になったのだろう。

映画の開幕前の暗闇になると、いつも感覚が冴えわたった。静寂の中で、心も五感もキリリと冴えてくる。暗いぶん、意識や嗅覚が鋭敏になるのかもしれない。そんな集中が途切れがちになり、いつしか消えた。

ボクはきっと、ピーター・ボグダノビッチ監督の『ラスト・ショー』の、車に轢かれて死んでしまった、ものいわぬ少年に似てたように思う。

『ラスト・ショー』は、アメリカでは星の数ほどあるテキサスのスモールタウンの物語だ。いつも空っ風が吹いている町のモノクロ映画だ。主人公の一人が朝鮮戦争に出征する決意を固める。閉館する映画館の最終上映は、『赤い河』だった。スクリーンには、牛の群れを移動する有名な出発シーンが映し出されている。

主人公の2人は、やや白けてみていて、ものいわぬ少年だけが、映画に没入している。ものいわぬ少年は、その翌朝に車に轢かれる。のろまでイノセントな、いかにも彼らしい死で、その余韻が今でも、ボクの記憶の片隅に残っている。

勉強が嫌いで、人づきあいも下手で、過剰な性的エネルギーを持て余していた10代の後半だったからこそ、映画と一体化できたのだろう。映画館の暗闇が醸し出す心ときめく空気感が、その時だけだが心細さを忘れさせ、映画と一体化できたのだなと今思う。

映画への一心不乱の没入は、ひょっとしたら少年期のひと時だけのものかもしれない。それは、ある日突然、ランボーの詩を読んでいて、白けた気分になるのと似ている。

人間関係は古希を過ぎた今も心もとないのだが、試写会の暗がりの一瞬のトキメキは、もう幽かにしか思い出せない。

（2020・8・14）

三叉路

今、住んでいるところの向いは、女子の多い高校である。

昔は女子高だったようだ。引き戸門扉が開けっ放しの駐車場があり、その先は校庭で、さらにその先には買い物に行くスーパーが見える。

もしボクが今小学生だったら、校庭の真ん中を突っ切って近道してスーパーに行っているだろうなと、いつも思う。実行するとなると、学校の塀を乗り越えなければならないが、それも楽しそうだ。まあ、男子はいくつになっても、森の中のような道なき道が大好きだ。


昨晩、ＤＶＤでドラマ『天体観測』の最終回を観ていたら、渋谷区役所前交差点のところで、同じ道を歩いて来た主人公たち3人が、右へ、左へ、まっすぐへと別れた。

ジム・ジャームッシュ監督の『ダウン・バイ・ロー』のラストを思い出した。それぞれの夢を追い求める男たちが行き着いたのがＹ字の三叉路で、右に行くもの、左へ行くもの、そして今ある幸せに留まるものの3名だった。

三叉路というと、どうしたってこの季節は「１　２　３　あの三叉路で　１　２　３　軽く手を振り　私達お別れなんですよ」（『微笑がえし』、阿木燿子作詞）を思い出す。キャンディーズのラストソングの『微笑がえし』だ。

あれから、もう36年も経ったのか。田中好子さんに合掌。

大井町の長い歩道橋を歩いてきて、らせん状の階段を下ると、Y字の三叉路に骨董屋があったのは、映画『時代屋の女房』だ。

夏の盛りに銀色の日傘をさして、野良猫を抱えた謎の女の夏目雅子さんが突然現れた。夏目さんは特別、ご贔屓ではなかったけれど、あの映画の夏目さんはまぶしいほど美しかった。夏目雅子さんにも合掌。

Y字の三叉路は、高校から35才になるくらいまで住んだ武蔵小金井の前原坂下で、毎日経験した。考えればT字路だと、先は行き止まりだから、一本道を右か左か、選ぶ方向ははっきりしている。Y字路は右も左も、それほど極端な開きはない。行きあたりばったりのボクは、どっちに行ってもそんなに変わらないような気がしていた。

たった一度だけ、深夜の前原坂下の三叉路で、乗客が誰もいない終バスに乗ったような、さみしい気持ちになったことがある。大学の4年の晩秋だった。家庭の事情から、就職先の変更をしなければならなかった。小さくまたたく星が散らばった夜、人生の三叉路を左に行くはずが、右に行かなければならなくなった。

結局、今の仕事に就いたのだから、左を選んだことと同じになった。ピーターラビットのように、会社に迷惑をかけて逃げていたら、絵本とは違い、いろいろな人の世話になり、アラ不思議、左の道にばったり出たという感じだ。

もしも、あの道がT字路や十字路だったら、どうなっていただろう。とんでもない道端で、じたばたしていたかもしれない。

だったら、それもアリかなとも思う。

（2014・3・31）

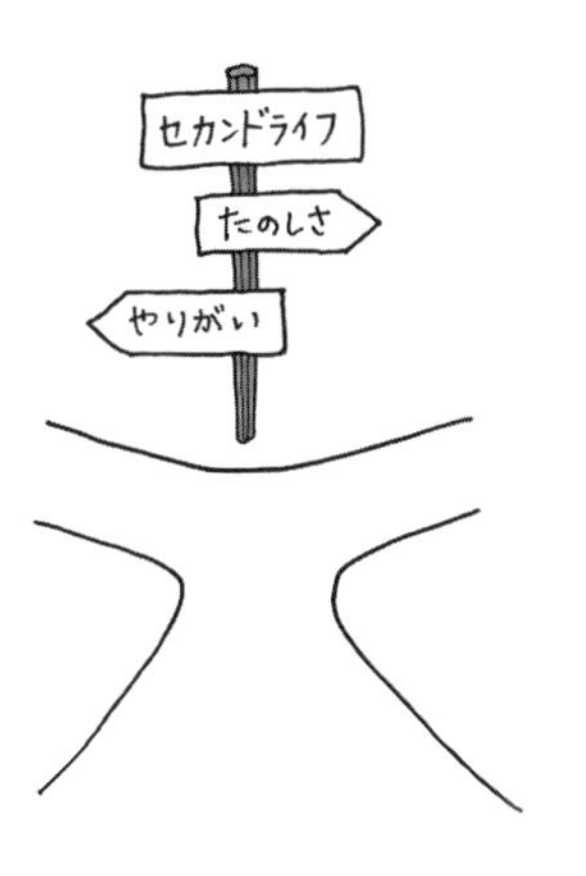

青島幸男さんのこと

この20数年間は、ハナ肇とクレージーキャッツやザ・ピーナッツなど、『シャボン玉ホリデー』のメンバーが1人、また1人と消えていく時期だった。犬塚弘さんやザ・ピーナッツの妹さんがお元気なのは希望がある。『シャボン玉ホリデー』は、ボクの青春のかなりの部分を占めている。

青島幸男さんの初期から中期の頃までは意識して追いかけていた。バラエティ番組『おとなの漫画』では、作・青島幸男のフリップを何度、見ただろう。

「チミ、北海道に席が空いているけれど」と左遷をにおわすセリフは今でも憶えている。当時は、北海道や九州への転勤は、東京本社勤務からすれば島流しだった。昭和30年代はそうでも、今なら出世レースに淡泊な人の方が多いかもしれない。むしろ、地方勤務をエンジョイするだろう。でも『釣りバカ日誌』のハマちゃんだらけになったら、日本経済は沈没するに違いない。

『シャボン玉ホリデー』では、谷啓さんが斜に構えて、「谷だ！」と言うと、青島さんはのけぞるようにして「青島だぁ！」と言い返した。まあ、意味不明なのだが、ひたすら態度のでかさを競い合うコントだ。2人でムキになって、お互いのネクタイを切りあって、どんどん短くなっていくコントも何回か見た。意味なくネクタイが短くなっていくばかばかしい状況が面白い。まさにナンセンスである。青島さんの作詞でいえば、『ホンダラ行進曲』や『九ちゃんのズンタタッタ』などもナンセンスの極致だが、無類に楽しい。

高校の頃に、生徒会の下部組織の広報にいたときに、当時鷺宮にお住いの青島さんに取材する機会があった。だが、1年生だったので叶わなかった。

青島幸男作、脚本、演出、主演の『鐘』は試写会で観た。

海岸に行って、海に沈んだ釣鐘を丘の上の鐘楼(しょうろう)にすえつけるヌーベル・バーグ系の前衛映画だった。全編に三保敬太郎さん作曲のスキャットやボサノヴァが流れ、夏の日の海岸線を白いジープが走る。カミュの『シーシュポスの神話』の「岩」が「鐘」に変わったようでもあり、横溝正史さんの『獄門島』の逆パターンだ。まばゆいばかりの才能が溢れ出ていた。

自分で主題歌を歌った『泣いてたまるか』はそこそこ面白かったが、『意地悪ばあさん』は最初だけで、すぐに飽きてしまった。東宝映画の自作自演の『二人でひとり』は、中山千夏さんと食卓でチャンバラをするシーンだけがちょっと面白かったけれど、凡作だった。また、直木賞を受賞した『人間万事塞翁が丙午』も、正直面白くなかった。

だったら、映画『若い季節』のいかがわしい喫茶店のマスター役や、赤塚不二夫さんのバカボンパパが「国会で青島幸男が決めたのだ」と、理不尽さを正当化するギャグの方がはるかに面白い。

佐藤栄作首相に向かって参院予算委員会で、「あなたは財界の男めかけだ」と噛みついたのは、リアルタイムで見た。短い質問時間だから内容はあまりないが、「よくゾ言った」と思った。ボクにとっては、彼は都知事でもなく政治家でもない。放送作家であり、作詞家であり、テレビタレントだった。ただ政治家になると、みな人相が悪くなるのに、彼の場合はどこか飄々(ひょうひょう)としていて、ぎらつかないのが好きだった。

『遺憾に存じます』という歌詞を、新聞の夕刊で言論界の重鎮の大宅壮一さんが絶賛している記事を読んで、ああ、もう違う世界に行ってしまったと悲しくなった。『スーダラ節』の「わかっちゃいるけどやめられない」のすばらしさは、なかなか理解できないでいた。

明日から禁酒をするから、今日は思い残すことはないくらい深酒をする。翌日はひどい二日酔いで、今日から禁酒だったなと固く誓う。でも宵になると、ついフラフラと居酒屋ののれんを潜る。「今度こそ、明日から禁酒」を幾度繰り返したことか。何度失敗しても、間違った思い込みを懲りないのは、単なるアホである。「わかっちゃいるけどやめられない」の普遍性を理解したのは、還暦を過ぎてからである。

数ある青島幸男さんの作詞のなかで一番好きなのは、『明日があるさ』かもしれない。この詞には青春の輝きが凝縮されていると思う。ドキドキ感やときめき、すこし甘く懐かしいキブンになり、適度にせつない。ただ、吉本芸人たちの Re: Japan の大合唱バージョンは、青島さんの補作も含め駄作である。

政治活動よりも、ＴＢＳラジオのＤＪ『青島・フーコの天下のジョッキー』の天地総子さんとの掛け合いが楽しかった。お兄さんのフィアンセが今の奥さんなのも、この番組で知った。なるほど、たしかに奥様はエレガントな美人だ。ラジオでは、先日亡くなった野坂昭如さんの当意即妙、悪く言えば「ああいえばこういう」頭の回転の速さについて、とてもかなわないと言っていた。

大人の感じの前田武彦さんは、永六輔さんの詞にはとてもかなわないと彼が泣いた話を、以前していた。そうかもしれない。

彼が作詞・作曲したダニー飯田とパラダイスキングの曲に『それが悩みさ』がある。新車や別荘、株などで、ドカーン、ドカーンと、大金が入ったり出ていったりする内容だ。当時、売れっ子だった青島さんは、実際その通りだったようだ。その歌詞の中に「話はうまいしハンサムで　適当にヤクザでインテリで　どこへ行っても　もてて困んだな」という一節がある。ハンサムかどうかは別にして、ボクは青島さんが率直な自画像を描いたように思えてならない。

ボクにとって、青島幸男さんは永遠のアイドルだった。あらためてそう思う。

（２０１５・12・12）

追記：犬塚弘さんは２０２３年10月に亡くなられた。ザ・ピーナッツの妹の伊藤ユミさんについては、本書の「幸福のシッポ」を参照。

セクシーな果物

江國香織さんは大の果物好きらしい。そのことに言及したエッセイもある。さりげなく、一行添えたような果物の話を読むと、モーレツに食したくなる。たとえば、「風邪で食欲がないと言いながら、結局きょう一日でいちご一パック食べてしまった」とか、「五つめの無花果で指をべたべたにしながら」などを読むと、「フルーツ食いてぇ」が我慢できない状態になる。まあ、食べ物に意地汚いのである。

フルーツはセクシーな食べ物だと思う。姿形そして色、艶、香り、食感も楽しい。

桃はお尻が形よく、しかも表皮には産毛のようなものが生えている。ボクは皮ごと、丸かじりする。傷みやすく繊細な果実で、どこかはかなげな、病弱のような風情がよい。食すと、甘く濃密な匂いを放つのが堪(たま)らない。熟れた生の白桃は、じぃーっと見ていて飽きることはない。

洋ナシの曲線も美しい。黄緑の皮にそばかすのような斑点があり、野性味もある。ひょうたん型の丸みを帯びたお尻のほうから皮ごとガブリと丸かじりする。これが堪らん。

曲線に対してくびれが好きなら、野菜だがキュウリやセロリだ。素っ気ないがウェストなら細い。柿は道を歩いていて、手を伸ばせばいつでもすぐにとれそうという身近な距離感がよい。実際に採れば泥棒だが、庶民的な風情が好ましい。

リンゴは歯ごたえと赤い色と、掌中のおさまり具合が色っぽい。これぞ、セクシーである。

デラウェアーは、10粒から20粒ほどまとめて口いっぱいに頬張ったときの、咀嚼時のマグマグ感（モグモグとは違う）が楽しい。巨峰だと量感たっぷりで、頬張ると息苦しくなる。

柑橘系だと、地物の晩柑や八朔は爽やかでほろ苦い味だが、ちょっと見、外皮の表面がデコボコしていてブサイクである。やっぱり、フレッシュな香りの意識高い系のレモンは美形である。紅茶に浸ったレモンの色も素敵だ。

めったに縁がないメロンも、網目がくっきりと盛り上がったお尻が素敵である。押すと、柔らかい。やわらかいお尻の時が食べごろらしい。まあ、深窓の令嬢のようで、高嶺の花である。

口をすぼめていちごやさくらんぼを食すと、エッチな気分になってくる。こうしてホンネを綴ってくると、だんだんアブない水域に入ってしまう。人格を疑われそうだから、ここでやめとく。

ああ、そうだ。もう十数年、オリーブの実を食していない。酢漬けの深緑の実は美味である。いつか地中海のオリーブ農家の家庭の味とやらを、冥土の土産に一度だけ味わってみたい。

（2020・11・24）

恋するナツツバキ

我が地は、なかなか梅雨入りしない。

引っ越してから、テレビの連ドラのＤＶＤ-ＢＯＸ三昧の日々の過ごし方をやめた。そのぶん、文庫本の小説などを読むことにしている。たとえば、藤沢周平さんの『ささやく河』など読む。悪くはないのだが、ロスマク調とかロスマクの味などと言われると、かなり違うよなと思う。

まあ、一人称の私立探偵ものであるのは確かだ。このところ読書から遠のいていたので、ボクの評価はかなりアヤシイ。理想の老後は読書三昧だったから、定年がいよいよ視野に入って来たのでそろそろ、そちらの生活環境に備えないといけない。けれど努力してまで、準備することでもない。

松本清張さんの『殺人行　おくのほそ道』と『Ｄの複合』なども読む。こちらは楽しく読めた。前者は、長くお蔵入りしていた作品で、清張さんの長編は全作を読んだはずなのに、未読だった。後半の破たんがひどいのでお蔵入りだったのだろうが、往年の清張さんの物語展開とサスペンス醸成が十分堪能できた。どうでもよい、なんてことない風景をじっくり描く描写などあると、ああ、これがのちのち、何らかの形で絡んでくるんだったなあなどと、ファンには見える伏線が楽しい。ヒッチ師匠などと同じ手法だ。

『Dの複合』は2度目で、最初のときはリアルタイムで読んだ。丹後の木津温泉での夜の死体捜索の時の、闇にチラチラと揺れる灯りのところで、初読の時のワクワク感が甦った。絵が浮かぶのだ。やっぱり、清張さんの大ファンなんだなあとあらためて思う。

そういえば、城崎温泉も天橋立も、初読の後で出掛けた。なべてメランコリックに思えた青春だったけれど、今思うと、ずいぶん贅沢な時間だった。大切な季節が一番大切だったと知るのは、いつも遠く過ぎ去ってからだ。万事に鈍感なのである。

すこし梅雨っぽく感じられる空気を浴びた帰り道、中学校の裏庭にタイサンボクの白い肉厚の花を見る。今頃咲くのか。初めて知った。白モクレンに輪をかけて厚ぼったい花は壮麗だが、大味な感じでおよそ好みではない。強烈すぎるように感じた。

すこし先の瀟洒（しょうしゃ）な住宅のナツツバキの清楚な白い花が、やけにきれいに見えた。まるで恋する和菓子だ。ナツツバキは沙羅（しゃら）とも言うけれど、『平家物語』の「沙羅双樹（さらそうじゃ）の花の色」の樹木とはどう違うのだろうか。

どうやら、ナツツバキはその代用らしいのだが、沙羅双樹はジャスミンに似た香りを放つという。華やかな香りすぎてなんか想像していた仄かな匂いとは違い過ぎる。身勝手だが、ギャップ萎えしてしまった。ガッカリだ。

（２０１９・６・18）

いつか、きっと

ドラマの『あすなろ白書』を観る。

このドラマは東京のリーマン生活を辞めて、今の地に越した年の秋に観た。その頃は家で酒を飲みながら観ていたので、覚えていないことが多いのだが、こま切れだが、案外よく覚えていた。

キムタク（木村拓哉）が、「俺じゃダメか」と背後から抱きしめる2話とか、クリスマス・イブに待ち合わせの約束を交わしたのに、来ない主人公を大学のクリスマスツリーの下で待ち続ける6話とか、ついこの間のように記憶していた。前者は「あすなろ抱き」と言うのだと、若い友人から聞いた。

その後のキムタクはボクの好みではないが、このころはナイーヴな感じがよいなと思っていた。後者のロケ地の立教大学のキャンパスは老朽化したところが、アカデミックな感じを醸し出し、とてもよかった。

立教大学には学園祭に、お伴で行ったことがある。自分の大学の学園祭には一度も足を踏み入れたことさえないのに不思議だ。

昨日まで読んでいた小説は、吉田修一さんの『横道世之介』だ。花小金井から小金井街道を通って、府中の運転免許試験場あたりが舞台になっている。小金井には20年以上住んでいたので、土地勘はある。時代設定は、ボクが36才から37才の頃だ。バブル真っ盛りの頃だ。

映画の『アメリカン・グラフィティ』や『スタンド・バイ・ミー』の最後のテロップでは、彼らのその後が映し出されたが、その手法が文中にフラッシュ・フォワードされている。それが、とても斬新である。

後半はダレるが、主人公がなんともノホホンとしていて、極楽トンボである。そこがよい。続編もあるようだから、それも読んでみよう。

しかし、古希を間近にして、一体いつまで青春群像劇好きが続くのか？　実生活がいかに真逆なヒサンなものであったにせよ、よくもまあ、飽きないものだ。

エライ学者先生の詩に、こんなのがあった。

「きみは、いったい、どこまで歩いていくのか?

どこまでも、歩いていくのだ。

それでいい」

フム、それだ。人生の終末まで、いつまでも青春群像劇を読んだり、観たりし続けるつもりだ。

来月は彼岸だ。コロナの今の状況では、父の墓参りをできそうにない。

「春の日、あなたに会いにゆく」（『花を持って、会いにゆく』）という長田弘さんの詩の一節がある。きれいな花をもって、「どこにもいない人に会いにゆく」のは、お盆までお預けになりそうだ。おとつい、春一番が吹いた。中学校のさんざめきが風に乗って流れ、街路樹の白モクレンが朝日の中で、華やかに輝く。

（2020・2・24）

独居老人、蟄居する

ゴールデンウィーク明けから在宅テレワークの仕事が始まる。今のところ「独居老人、蟄居する」という状況である。読書とＤＶＤ鑑賞の日が続く。なんだか本格的なひきこもりになりつつある。島田荘司さんの『羽衣伝説の記憶』を読む。銀座の西５番街が描いてある。導入部の添景だ。ボクは暮れ方にこの裏通りをそぞろ歩きするのが、好きだった。晴海通りを曲がって、新橋方向へ歩き出すと、陽が傾いて、まだネオンが輝きだすかどうかのひと時は、わりとひっそりとして、落ち着いた通りだった。

20代の頃、暮れ方に週に1度は銀座に出掛けた。水曜日が多かった。勤務時間を過ぎると、早々に退社した。６時を少し回った頃に友人と並木通りの三笠会館の喫茶室で、よく待ち合わせをした。そんなある日、若い女性に背後から呼びとめられた。彼女は、三笠会館の並びの養清堂画廊から出てきたようだ。渋谷の公園通りの坂道あたりでよく見るような装いだった。大学時代にほんのわずかな間、家庭教師をした女性だった。友人と待ち合わせの約束があったので、後日会う話をして別れた。

友人とは、今の地に越してからも、長門峡、津和野、萩へ旅をした。長門峡の入口の橋を渡ったすぐ先の割烹旅館でお昼に天然鮎を食した。青空には積雲がゆっくりと流れ、トンボが舞った。青楓(あおかえで)が繁り、川は、中原中也の詩のように、川床をさらさらと流れていた。友人とはずいぶん旅をしたが、たぶん、これが最後ではなかったか。

友人と銀座で会った時は、桜のこの季節だと、三笠会館の近くの豊後料理屋では、つくりはオコゼ、城下カレイ、東銀座よりの割烹では、鯵(あじ)のなめろうやサヨリの刺身などを食した。好物なのに、不思議と初鰹(はつがつお)の刺身を食した記憶がない。

暮方、枝豆もつまますに、水代わりのビールはさっさと切り上げ、熱燗の日本酒を飲む。2、3杯飲んで、つくりを食す。山葵や生姜の香りが口中にひろがり、また杯を干す。

まったりと飲んだシアワセな時間は、水の流れのように過ぎて行った。あんな贅沢な時間は、もうないだろう。本当は、酒の味などわからなかった。

黄昏が銀座の街に広がる頃になると、ほろ酔いが大人になってもさみしがりのボクに、ちょっとだけ幸せをもたらしてくれた。

深夜の終電近い時間に友人とは新橋駅で別れ、内回りの山手線に乗った。深夜の山手線はそれなりに混んではいたが、車両も人もうち沈んだ感じだ。さみしく思いながら乗り換えの東京駅で降りた。

でも、やっぱり昔は遠くて、それでもいつものように、平和な春が訪れる。

（2020・4・10）

散歩の達人

自称、散歩の達人のつもりである。

夜の散歩も楽しいが、年がいくと徘徊老人と間違えられそうだ。だからやはり昼の散歩になる。

直線的な散歩はおススメできない。理由は、どの時点で折り返すかがむつかしいことと、遠い先まで行き過ぎて、行き倒れになることもありえるからだ。

初心者は、自宅の周りを円を描くよう歩くのがよいと、しばしば言われる。なるほど、自宅までの戻り道なら等距離である。そして順繰りに円を拡大すれば距離は伸びる。散歩では、走ってはならない。ブラブラ歩きがいい。財布も持たない方がいい。余計なお金は持たず、古本代や喫茶店のコーヒー代分ぐらいをポケットに突っ込んで家を出る。お金がたくさんあると、魔がさして、とんでもない寄り道をする可能性がある。

散歩の途中にある自販機では、サントリーの「伊右衛門」やキリンビバレッジの「生茶」の500㎖が150円だが、大学の自販機では130円だった。学割なのだろうか。スマホは散歩にはいらない。散歩の効能には脳内のデジタル・デトックスもある。

サンダル履きで「ちょっとそこまで」感覚は大好きだが、こういうのは散歩といえるのだろうか。

必死になってのジョギングとか、お昼の皇居の汗かきマラソンなどは、暑苦しくてあまり見たくない。人生、勝負することは他にイッパイあるはずだ。

散歩の醍醐味は、途中の古本屋で長年探していた珍本などにめぐりあったりすることだ。今や、ネットで探せばすぐ見つかるが、あまりに味気ない。

散歩に疲れたら、気に入った喫茶店で窓の外をぼんやりと眺めるのもよいものだ。同じ風景は二度とない。東京にいた頃はよくラーメン屋にも行った。

あこがれの散歩なら、ボクの知らない昭和20年代の「銀ブラ」がある。

あるいはニューヨークなら、スーパーでショッピングをして、映画で観たグレイズ・パパヤのホットドッグやドーナツ・プラントのイースト・ドーナツを食したい。五番街のユニクロ旗艦店（きかんてん）などの「NY五番街ブラ」も楽しそうだ。土地勘がまるでないから、位置関係はまったく考慮していない。

タイムズスクエアでも美術館でもなく、食中心の「NYブラ」しか思いつかない。ちなみにブラは、もちろんブラジャーの略ではない。ブラブラすることである。

（2008・11・6）

今夜のつまみは

アクション・ラブコメ（正しくはラブ・アクションというらしい）の『キス&キル』を観る。『Mr.&Mrs. スミス』やその原型の『女と男の名誉』をかなり脱力モードにして、さらにズッコケを加えるとこの映画になる。

ちょっぴりゴヒイキのロバート・ルケティック監督の作品で、『男と女の不都合な真実』に続いて、キャサリン・ハイグルがヒロインだ。キャサリン・ハイグルの役は、肉食系女子が多い。グイグイ来るタイプだ。敏腕プロデューサーだったり、タクシーの中で衣装を着替えたり、二度もジョン・ボン・ジョヴィを引っ叩いたりしていて勇ましい。

顔立ちはシャーリーズ・セロン似で、表情の変化はキャメロン・ディアスをすこし下品（失礼！）にしたら、似てるような気がする。年はとっていくのに、だんだんとキュートになる。ひょっとすると、メグ・ライアンやゴールディ・ホーンのようになるかもしれない。セクシーなのはたしかだ。大柄だから、もう少しスリムだとサイコーだ。

映画の開巻は南フランスのニースで、地中海ビーチに豪華なホテルが建ち並ぶ。そういえばヒッチ師匠の観光サスペンス映画『泥棒成金』でも、ニースのビーチが素敵だった。圧巻なのは、やっぱり、花火の夜のシーンである。花火とケーリー・グラントとグレース・ケリーの、室内のラブシーンがカットバックで描かれ、とても官能的だった。サングラスに黄色い水着のグレース・ケリーの、海岸の登場シーンも忘れられない。

ニースで思い出すことが、もう一つある。

『やまとなでしこ』で、桜子（松嶋菜々子）の漁師のお父様が豪華客船の船長に詐称させられ、想い出に残る地に、ニーツと言っていた。えっ、我が思い出の地の瓢湖のある新津かと思った。

桜子が「『ニース』です」と誤魔化しながら、訂正するくだりがあった。

「ニースの今頃は、舌平目のえんがわにレモンをきゅっと絞って、イッパイ」などとも、桜子のお父様は言っていた。今晩は奮発してカニスキに、ヒラメのえんがわでイッパイといきましょう。

（2012・11・20）

ミレニアムの『駅』

迷った時は、最初に選んだ方を選択することにしている。いまや習慣になった。

二者択一や、選択問題が多い時代に育った。最初に書いたのを消して、やっぱりこれだろうと書き直す。だが時間が経過すると、どっちが正しいのかよくわからなくなることがよくあった。そんなときは、きっぱり、最初に書いたほうを選んだ。

友人でも、恋愛でも、第一印象を大事に考えてきた。ただ第一印象がすこぶる悪かった場合は別で、大親友になったり、ボクの乏しい経験だと、どえらい恋愛になったりすることもあった。ボクの経験だからたかがしれている。けれど、立場が違ったり、敵対していた男たちが次第に好意を抱いたりする話は昔からある。西部劇や時代劇、任侠映画ではよく観た。

結論的には、第一印象では結構はずしている。けれど致命的なはずし方はしていない。だから、すこぶる悪い第一印象のときだけ気をつけて、あとは直感を信じている。あれやこれやと悩みだすと、とっ散らかって、収拾がつかなくなる。

というわけで、最初がよく後が悪いとなると、音楽ならばカバーが必ず劣ることになる。世間では必ずしもそうでもないようだ。

だが、たった今思い浮かんだのだが、悩ましいのが2曲だけあった。

『別れの朝』と『駅』の2曲だ。前者はオリジナルが前野曜子さんで、カバーが高橋真梨子さんである。2人ともペドロ&カプリシャスのボーカルだ。

カバーというのは表現が適切ではない。前野曜子さんは『別れの朝』が大ヒットして、人気絶頂だったときに脱退して、後を埋めたのが高橋真梨子さんだ。だから、カバーではなく、引継ぎである。

譜面通りに歌うなら高橋さんの方が上手だし安定感もある。しかし、ソウルっぽい歌唱と破調を伴うが、ドラマチックなのは前野さんだ。破調を伴うと書いたが、前野さんはタカラジェンヌで基本はしっかりしている。最初のアルバムのカバー曲の『ある愛の詩』など聴くと、スケールの大きな本格派だ。小椋佳さんがプロデュースした『風船の愛』を聴くと、歌に表情がある。小椋さんは辛口な人なのに、生前葬コンサートで「歌のうまい人」だと絶賛している。ハスキーで伸びのある前野さんの、型に収まらない声質がボクにとっての破調の正体だ。

後者のアルバム『クリムゾン』の中の『駅』は中森明菜さんがオリジナルで、今や大のゴヒイキになった竹内まりやさんがセルフカバーしヒットした。当時の竹内まりやさんの書く曲は、わりとよく聴くパターンが多く、さほど斬新ではなかった。

『恋の嵐』など明るくて好きだが、手垢のついたメロディーであり、俗な印象は否めない。だから『駅』は画期的だった。バラードの名曲だ。作詞、作曲ともに竹内まりやさんである。

ただ、この楽曲は中森明菜さんのために提供したのに、詞や曲の解釈が納得できないとして、１年後に、すぐセルフカバーしたのが今も心に引っかかっている。

楽曲は作者の手を離れたら、解釈は担当ディレクターや歌い手の自由であってよい。デモテープ通りに歌わなくても、とやかく言わない方がよい。「アイドル・シンガーがこの曲に示した解釈の酷さにかなり憤慨した」（竹内まりや『Impression』、ライナーノーツ、山下達郎）などと、難癖をつけるのはあまり美しくない。

正直、中森明菜さんの音程はいつもフラット気味で、半音とは言わないが、音が微妙にぶら下る。そのフラットするのが悩ましく、せつない情感の表現は圧倒的である。少なくとも、１９８６年の中森さんのオリジナルと、１９８７年の竹内さんを聴き比べると、歌唱力の違いに愕然とする。

中森さんは、当時わずか21才なのに、実に繊細で、かすれ気味に抑えた言葉がじんわりと沁みる。言葉が重い。言霊である。しかも心が濡れている。夜のしじまといっしょに、憂いがやるせなく押し寄せ、深い孤独がある。一方の竹内さんは、憂愁の中にも毅然とした女性を歌った。いかにもキャッチーであり、悪く言えばマーチのようだ。

前野曜子さんも中森明菜さんも、おそらく繊細な方だったのだろう。神経が鋭敏すぎたのかもしれない。

薄倖の歌姫には、悲劇性の美がある。ボクは酷薄な視線で見ていたなと思う。前野さんに、合掌。

だが、物語はそれだけでは終わらない。竹内まりやさんの2000年の武道館ライブを聴くと、先に書いたことは全部ひっくり返ってしまった。これぞ入魂である。1987年の竹内さんの歌唱とはコペルニクス的転回をとげた。この路線変更で、中森明菜さんもようやく報われたのではないか。

ビターで、当時の中森さんにはなかった年輪もある。天から何かが降ってきたような、熱唱だった。熱もないのにゾクゾクした。

黒いレザーのロングドレスで、細身のからだをふるわせ、歪めた面差しで絞り出すように歌い上げる姿は神々しいほど美しく、むずがゆいほど性的だった。

さて、ボクにとっての想い出の「駅」は、四ツ谷駅である。

新橋で飲むと、銀座線で赤坂見附まで行き、丸ノ内線に乗り換えて四ツ谷駅で降りる。そして中央線の特別快速に乗り、武蔵小金井まで帰った。銀座で飲めば、丸ノ内線で四ツ谷駅に出て、あとは同じである。

四ツ谷駅には、いろいろな想い出が落ち葉のように散らばっている。

（2009・2・23）

雨の断章

45年ぶりの同級会から帰った翌日に会合があった。その後で懇親会、2次会にも行く。当然、酒量も増える。このところ、1日おきに飲むことが重なる。朝起きたら風邪なのか二日酔いなのか、どうも気分がすぐれない。窓の外は、小雨が降ってる。

「窓の外は雨　雨が降ってる
物語の終りに　こんな雨の日　似合いすぎてる」
（『雨の物語』、伊勢正三作詞）

という歌詞があった。

遠い昔、この歌を「じゃあ一曲」と言ったわりに、さみしそうに歌った人を思い出した。しかし、二日酔いというのは、この8年間で2度目だ。昔は毎日が二日酔いだった。あらためて体験すると、病み上がりのような、風邪のひきはじめのような、まあ、あまり楽しいものではない。第一、熱があっても食欲だけはいつもあるのに、あまりない。

「お酒を飲んだ翌日は」というのは、トマトジュースのCMだ。しかし、やっぱりしこたま飲むのは楽しいなあと思う。雨はすぐに止んだ。

先週末の45年ぶりの同級会は、あらためて流れた時間を感じた。やせ細った少年たちがギラギラしていたか、はたまた影が薄いかは別として、男盛りを過ぎ、枯れ出したころだ。青年、中年でカフカ的変身を遂げ、その時期を過ぎて、少年時代の面影に戻りつつある時期かもしれない。

「お互い、年食っちゃったネ」「ああ、まだまださ」と言いあう時期も過ぎた。帰り道、神田川沿いの面影橋あたりの満開の桜がタクシーの窓外を流れた。

やっと飲み過ぎが抜けた今朝、向いの学校の桜も、そばのひっそりした桜の公園も、くすんだ葉桜になった。細かく散りこぼれた花屑はさみしいなあと思うが、なにもかも「死ぬときは一人」だと実感させる。

子供の頃、ケンケンパや石けりなどしないのに、夕方近くに丘の上に聳(そび)え立つ樹木の根もとの石など、拾っていたことを思い出す。たぶん、所在ないときの居場所だったのだろう。友だちは習い事などで忙しく、一人ぼっちで退屈だったのだ。丘の上の木の下が一番落ち着いた。あれは何の樹木だったのか。

この時期が過ぎると、季節は、ゆっくりと初夏の装いになる。

風の流れに、かすかだが、そんな匂いがある。

（2014・4・5）

水戸の名物といえば

この地では、梅が盛りだ。来週になると、すこし散ってしまうかもしれない。

8才くらいまで、父の生家の水戸の祖父の家に両親とよく出掛けた。父は祖父の家に行っても、祖母の仏壇に線香を供えると、すぐ帰ろうと言う。帰途によく偕楽園に行った。

父は「往にいそぎする人」だったようだ。生来、せっかちな人ではあった。「往にいそぎする」という言葉は、川上弘美さんのエッセイで知った。出先でのんびりできないで、さっさと帰りたがる人のことらしい。

その父のお墓は、当初、茨城大学の近くだった。やっぱり墓参りの帰りには、偕楽園に行った。その後、守谷のお寺にお墓を移したので、水戸に行かなくなってもう15年になる。

偕楽園も、土日は梅の季節になると混雑した。水戸市内が交通麻痺になる。タクシーがぜんぜん動かない。

上野から常磐線に乗ると、取手駅を過ぎたあたりから茨城という気分になる。赤塚駅を過ぎると、ああ、もう水戸なんだなあと思う。右手に千波湖、左手に偕楽園が列車から見えた。いつのころから か、偕楽園の臨時駅ができた。臨時駅は下り専用の駅だった。

偕楽園は梅だけではなく、萩も有名だと聞くが、その季節は知らない。竹林はなかなか見事である。観梅の季節はまだ寒いから、みんなコートを着ている。観梅には酔っ払いがいない。家族連れや中年夫婦が多い。原宿の表参道で出会うようなタイプの若者も見ない。若い人でもスクエアな感じだ。

偕楽園の梅では、やっぱり「冬至（とうじ）」が好きだ。野梅系の早咲きで、鉢植えや盆栽もあるが、そちらには興味がない。一重の白い花で、花数は少ないが香りが濃密だ。香りを堪能するなら、ぜったいに夜である。春の夜の梅の花影（かえい）には妖しい美しさがあり、たまに一枝折ってみたくなる。やれば、花泥棒だ。

水戸の名物といえば水戸納豆だが、銘菓もたくさんある。

ボクは「のし梅」が一番好きだった。ゼリー風の梅菓子を、竹皮で包んだものだ。長さがあるから、子供の頃はハサミで短冊状に切って食した。甘酸っぱく、上品な味だ。

有名なのは、「水戸の梅」だろう。梅と紫蘇の代表的なお菓子だ。梅酢につけこんだシソの葉で、白アンが入った求肥を包む。シソの葉が、すこし塩味っぽかったような気もする。子供のときはそんなに好きではなかったけれど、今なら一番食べてみたい気がする。

梅ようかんもあった。これはピンク色のようかんだが、梅の味はしない。普通のようかんで、甘すぎない。ボク的には、江國香織さんが大好きな「追分ようかん」や栗蒸しようかんの方が、ずっとおいしい。

吉原殿中もよく食した。もち米を煎(い)ったものを飴で丸い棒にかたちづくり、きな粉をまぶしたものだ。熊谷の五家宝と同じだ。原型だという説もあるが、定かでない。おやつに食すと、お腹がイッパイになる。

ガブリと頬張ると、きな粉が喉に詰まり、お茶が欲しくなる。食さなくなって久しいが、食せばまた妙に後をひく味だと思う。

（2008・2・17）

のし梅

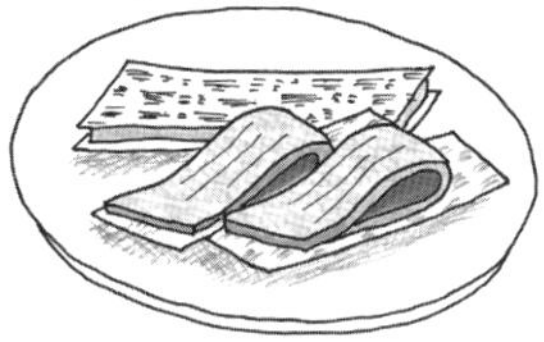

吉原殿中

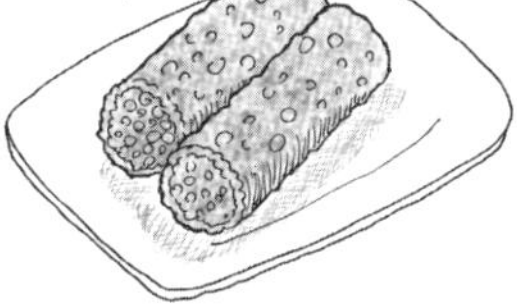

梅ようかん

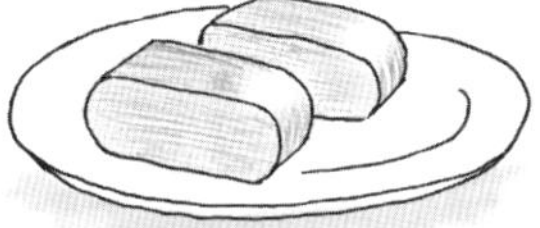

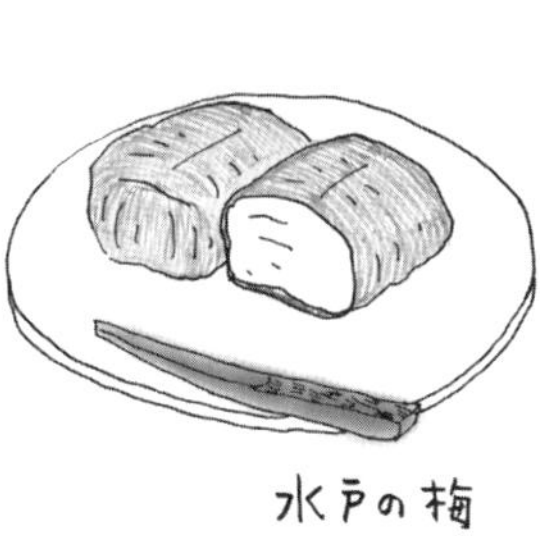

水戸の梅

長部日出雄さんを偲ぶ

長部日出雄さんが亡くなった。やっぱり悲しい。

ずっと愛読者だったみたいだが、注目していた時期は、10代後半から20才までと還暦を過ぎたあたりからだ。俄かファンと大して変わらない。

10代の頃は『映画評論』での、日本のヌーベルバーグ作家への彼の映画批評のファンだった。鋭角的な論じ方で、かなり辛辣でもあった。なにより、『映画評論』連載の「日本映画作家」の中で、大好きな山田信夫さんや蔵原惟繕(これよし)さんなどを採りあげているのがうれしかった。当時は、松竹ヌーベルバーグや増村保造さんなどは採りあげても、また鈴木清順さんや中平康さんは論じても、山田信夫さんや蔵原惟繕さんまで論じる批評家は少なかった。

大島渚監督が松竹ヌーベルバークという表現をしたのは、「週刊読売」の編集者だと言っていたが、それは記者時代の長部さんのことだ。20代の長部さんはエース記者として、トップ記事を連発した。

その頃のボクは、シナリオライターになりたくて、雑誌『シナリオ』など買いこんだ。一番憧れていたのが山田信夫さんだった。田村孟(つとむ)さんでも橋本忍さんでもなく、山田信夫さんが一番垢抜けていて、センスがよいと思い込んでいた。

長部さんはたぶん、日本映画では浦山桐郎(きりお)監督、海外ではフェリーニが一番、お好きだったのではないか。当時の長部さんは切れ味鋭く、時として双葉十三郎先生の『日本映画月評』を彷彿とさせた。

後年、双葉十三郎先生の楽しい映画評を集めた本の『映画の学校』の対談で、小林信彦さんが自分だけではなく、長部さんも双葉ファンだったと言っているのを読んで、やっぱりなと納得した。長部さんは、瀬戸川猛資さん編集の双葉先生の『ぼくの採点表』の序文も書かれていて、うれしくなった。

双葉先生も切れ味の衰えがかなり早かったが、長部さんも『紙ヒコーキ通信』や直木賞の『津軽じょんから節』などは、鋭い切れ味の衰えを感じてさびしく思った。明晰な人だけにみられる現象だが、長部さんはご自身が小説家になってからは、「切れ味鋭い批評」を封印されたように思う。ただ、『エレファント・マン』の映画評などは、さすがに辛(から)いことが書いてあった。長部さんなら、こうでなくっちゃねと思った。

『赤ひげ』の批評はボクが中学の頃だと思うが、黒澤作品にマックス・ウェーバーを例にひき、家父長的な支配について論じた。フム、なるほどと思った。

この説は今では批判もあるけれど、一つの解釈であるのは間違いない。

ボクはアラ還の頃、マックス・ウェーバーの『経済と社会』について調べる機会があって、世良晃志郎訳『支配の社会学』を読んだ。伝統的支配、カリスマ的支配、官僚的支配の3類型を知った。

家父長制は伝統的支配の典型である。

ああ、長部さんは、60年代前半にはこの本を読んでいたか、ひょっとしたら原書（ドイツ語）か、タルコット・パーソンズの英訳本で読んでいたのかなと感心した。

ただ、長部さんの晩年の本の『二十世紀を見抜いた男　マックス・ヴェーバー物語』は、紀行文のようで、あまり感心しなかった。

「朝日ジャーナル」に、小林信彦さんが小林旭さんについて書いたエッセイがある。小林旭さんの古いヒット曲のLPを入手したので、上京していた友人を誘うと、「泣いちゃうからなあ」と言った記事を読んだことがある。友人の名は明かされてないが、長部さんだ。

結局、小林さんと一緒に聴くことになって、「恋という字はヤッコラヤノヤという『ノーチヨサン節』が入ってない」と彼が呟くくだりがある。

この曲が入った映画の脚本は、長部さんと同郷の石郷岡豪さんが書いていた。長部さんと同郷の青森の人で、ミュージカルや『ジャングル大帝』の作詞もした人だ。志半ばで夭折された。

その映画は、小林旭さんの『東京の暴れん坊』だ。日活銀座のオープンセットのシーンも多いが、銀座にはまだ4丁目交差点の三愛もなく、一歩路地に入ると、まだ銀座がさびれていたころだ。小林旭さんがコックで、フランス留学帰りでフランス語を喋ったりする。お隣の銭湯の娘さんが浅丘ルリ子さんで、美しいというよりかわいい感じだった。

ボクは、どちらかと言えば、陰影のある石原裕次郎さんが好きである。小林旭さんの場合、頭のてっぺんから出てくるようなハイトーンのいかにも親不孝な声が能天気に聴こえて、素直な感情移入ができなかった。もちろん、これは好みの問題だ。

長部さんの批評といえば、やっぱり石井均論だろう。私情を隠さずに対象に思いっきりのめりこんでいくような筆致だ。ヒッチコック・マガジンに掲載された「石井均はなぜ東京を去ったのか」である。当時編集長だった小林信彦さんも絶賛する名文だ。

昔、靖国通りに、松竹文化演芸場があった。テアトル新宿より新宿駅側だ。ボクはまだ子供だったので、この演芸場には行ったことがない。

ただ、石井均一座のテレビ中継は何曜日の夜だったか忘れたが、30分間くらいやっていた。まったくのドタバタで動きも騒々しいが、とても面白かった。もっと大きくなっていれば、スラップスティックとか言っていたのだろう。そんな石井均さんにほれ込んだ長部さんが、石井均さんが「本当の芝居がしたい」ということから一座を解散したことを嘆く批評文だった。

泣かせる演技やシリアスな演技などが本当の芝居だとしたら、そんなものは見たくもないという失望を綴ったものだ。憂いの漂う名文だった。ヒッチコック・マガジンの見開き程度の枚数だった。

「文章と語り口(くち)の面白さに魂を奪われた」と言い、「生まれてからこれほど面白い小説はない」と言い切る『お伽草紙』(太宰治)のような本当に好きな対象について書くと、長部さんは圧倒的な興奮と感動をもたらす批評家だった。合掌。

(2018・11・10)

やっぱり、不愛想なのか

ついこの間、ボクの第一印象は「なかなか笑わない、不愛想な人だと思った」と若い女性から言われた。ああ、そのセリフは懐かしい。昔からとっつきにくい人と、よく言われた。

女性なんか眼中にないと思っていたのではない。むしろ意識しすぎたくらいだ。けれど、「女子見知り」をこじらせて、しゃべれない。

川上弘美さんの『これでよろしくて?』を読んで、「機嫌のよすぎる男」イコール「すごくもてる男」という等式を知った。なんか、納得だなあ。

「男は黙ってサッポロビール」の時代は、遠くなりにけりである。もっとも、これも昔だって、似合う人じゃないと感じが悪いだけだ。

かりにボクごときがいつも機嫌よすぎたら、きっとキモイと言われるに違いない。あるいは、調子に乗ってしゃべれば、「まだその話で引っ張りますか」とうるさがられ、挙句、「なんだそれ」で終わってしまいそうだ。考えれば考えるほど、マイナス思考に陥っていく。

『最後から二番目の恋』の、早朝の極楽寺駅での中井貴一さんと小泉今日子さんの会話を思い出す。小泉今日子さんが行きたいと思っている、レストランについてのやりとりだ。

行ったこともないレストランについて、思わずつい、男（中井貴一）は「あそこいいですよ」とつられて言ってしまう。女（小泉今日子）は、「行ったこともないのに、どうしていいですよねと言えるのか。適当だなあ」と怒る。

男は、「そんなに噛みつくほど大げさなことなのか、大人の会話ができない人だ」と女の怒りが理解できないで困惑する。そんなやりとりだ。

男と女の意識のすれ違いを描いた楽しいシーンだった。女は見知らぬレストランに興味津々で、男はそれほどレストランには関心がない。

男女だけでなく、人はみな、見ている方向や価値観だって違う。だから、見て見ぬふりをする。

第一、人の価値観などを真面目に考えたら、人はみな哲学者になってしまう。普通の人なら疲労困憊するか、どうでもいいやと諦めるだろう。

ただ、ある程度つきあうと、だんだんとあの人なら、こういう場合はこう考えるだろう、こう行動するだろうと大まかな見当がつく。たぶん、こうした意識のすれ違いを埋めて行く過程で、恋愛や友情が生まれたりするのではないか。

最近になって、若者の言葉の「むかつく」「がっつり」が、どうして「腹立つ」や「しっかり」でいけないのかと不思議に思う。言葉も時代とともに変化する。

ドラマではないが、「そんなに腹立つことですか」と考えると、まあ、文句を言うほどのことでもない。ボクが時代とずれてきただけだ。それも、まっ、いっか、である。（2012・11・27）

『愛はどうだ』は、ホームドラマの秀作だった

『愛はどうだ』は、92年の作品だから、東京でリーマン人生を送っていた最後の年のドラマだ。もう転職が内定していた頃で、仕事を後輩たちに引き継ぎながら、毎晩よく飲みに出掛けた。新鮮なイワシの刺身が食せる浦安の飲み屋で、よく飲んだ。

懲りずに毎晩2次会にも行って、後輩たちが『ロンリーチャップリン』『世界中の誰よりきっと』『君がいるだけで』を歌っていたのをよく憶えている。そんな日々だから、テレビは全く観なかった。

少年の頃、『花嫁の父』を観て、スペンサー・トレーシーに感情移入したくらいだから、娘への父親の微妙な心境は、少しくらい理解しているつもりだ。

『愛はどうだ』は、『パパとなっちゃん』と並ぶ秀作だ。とりわけ、最終回がいい。

三女役の渋谷琴乃さんが会話の流れをそらしたり、小生意気だったり、そのわりに冷静だったりで抜群に面白い。三姉妹の長女を「お姉ちゃん」と呼んで、返事がなければ名前をちゃん付けで呼んで、それでも返事がないと、最後は「おい」と呼ぶ。もしそれでも返事がなかったら、「ババァ」とでも呼ぶのだろうか。間の外し具合がなんとも絶妙である。

演技もフワッとした感じで、顔もふっくらで、こういう娘がいたらお父さんは難行苦行があって

も、頑張り甲斐があるだろう。さぞ楽しい子育てだろうなと、配偶者も子供もいないのに感じ入る。

緒形拳さんが、若き日のチャラ男役の福山雅治くんのあたまを小気味よくパコーン、パコーンと引っ叩く。今日の福山さんのモテ男ぶりを知っているだけにかなり痛快だ。しかし、このころの食卓やリビングには和やかな団欒があった。バブル崩壊後だけれど、まだまだおっとりしていた。スマホなど想像もつかない頃だ。自宅でのインターネットもないし、パソコン通信もまだ先だ。

最終回で長女と次女が独立し、緒形拳さんと渋谷琴乃さんの三女だけが自宅に残る。濡れ縁で、緒形拳さんが庭をぼんやり眺めながら、しんみりとタバコを吸う。娘がそっとお茶を差し出す。タバコもまだ必要悪の時代だった。ヘビースモーカーだった頃が懐かしく、軽く口に咥えた唇の感触がまざまざと蘇る。いっときだけ、さみしさや嫌なことをどこかに連れ去ってくれる効果が、タバコにはたしかにある。

危ない、危ない。せっかくやめたのに、みな、こうしたムラムラした誘惑に負けて、元の木阿弥になる。

最終回で、週に1回だけ通っていた別れた愛人の渡辺えり子さんと清水谷坂で、おそらく最後の一瞬のすれ違いがある。お互いに知らん顔でやり過ごすが、爽やかな余韻が残った。

伊東ゆかりさんの上司とは、恋人関係のままか、それともどうにかなるのか、句読点を打たないのもオシャレである。

ボクも、課長代理や課長の頃、半ば冗談だが、「上司といえば親も同然」などと嘯き、女性社員に理不尽な要求を強いていたのを思い出した。サラリーマンは決して気楽な稼業ではないが、組織で仕事をする楽しさは、また格別なものがある。

昨日は、昔住んでいた家の樹木の夢を見た。門扉の前のカイズカイブキの生垣の傍に植えた縁起もののユズリハが、夢の中では、とてつもない高木になっていた。

（2013・9・10）

老後は谷中で

実は十年来の上戸彩さんのファンである。

ボクのささやかな美意識に反する『3年B組金八先生』と『渡る世間は鬼ばかり』を除いたら、ほとんどのドラマは観ている。リアルタイムでなければ再放送か、それでも観れなければ、DVDで観ることにしている。

上戸さんは、『流れ星』あたりからしっとりした感じになり、大人っぽくなった。最近の『いつか陽のあたる場所で』になると、ミセスの魅力もそこはかとなく漂う。素敵だなって、年甲斐もなく思う。

『いつか陽のあたる場所で』は、「夕やけだんだん」の階段や谷中銀座、よみせ通りがふんだんに出てくる。そういえば、上戸さんの『セレブと貧乏太郎』も谷中銀座が舞台だった。

「夕やけだんだん」はJR日暮里駅の西口を出て、坂を少し歩くのだったなと懐かしさに浸る。ヒロインの自宅そばの老樹のある三叉路がよく映る。どこのどこだか定かではないけれど、遠い昔のいつか、あの場所に立ったのは間違いない。

三叉路は右も左もあって、分かれ道という感じがある。若い頃は、まっすぐな道が味気なく、いつもあの角を曲がればどこへ行くのだろう、ということばかりを考えた。

東京にいた最後の頃に、下町の散策をした。根津育ちの大学の後輩が谷中、根津神社界隈を案内してくれた。雨降りだったが、すぐにあがった。ドラマの根津神社の長い透塀（すきべい）を見て、変わっていないなあと思う。お昼に、根津でロースカツを食した。カツ、味噌汁、お新香、ミニサラダ、みんな美味だった。喫茶店に行くと、田舎風パテなどあって、ビールも飲まずに食した。

腹ごなしに散歩しようと谷中の墓地に行くと、桜並木の公園だった。「牡丹灯籠の舞台ってこの辺りじゃなかったっけ」と心の中で呟きながら、あっちフラフラ、こっちフラフラした。

根津神社の赤い鳥居も、須藤公園の鬱蒼とした木々もよく憶えている。ピンクの夕靄が降りる頃になって、晩飯にキノコ入り生パスタを食した。本当に生パスタだったかは定かではない。後輩はアップルパイも食したが、さすがにそこまでの食欲はない。

ロースカツといえば、上戸彩さんは、『婚カツ！』では、とんかつ屋さんでバイトをしていた。田舎風パテとキノコ入り生パスタなら、『マイリトルシェフ』で見たような気がする。アップルパイは、『息もできない夏』で武井咲さんが焼いていた。

老後は谷中で過ごすのがボクの夢だった。谷中、根津、千駄木界隈は、おいしい和洋の定食屋さん、串揚げやカフェ、そしていい飲み屋さんが多い。昭和の下町情緒が残っていて好きだ。はてて、終の棲家はどこになるのだろう。どこで暮らしても、そこそこ満足できるような気もする。甘いかな。


（2011・9・25）

でも、私は鳥になりたい

『ピュア』は、野田秀樹さんの『キル』の初演で主役をつとめた舞台俳優の堤真一さんが本格的なレギュラーに迎えられた初めてのテレビの連ドラである。96年の作品で、渥美清さんが亡くなり、映画『Ｓｈａｌｌ ｗｅ ダンス？』が大ヒットした年だ。

生まれつきIQが少し低いが、スモックを着た愛くるしい優香（和久井映見）と孤独な過去をもつ沢渡徹（堤真一）との純愛を描いている。

題材からすれば、類型的といえる。だが、優香の家庭内の出来事がゆるやかに展開され、ダイナミックなものを狙うかわりに、静的なタッチで優香の日常が描かれる。

優香が自宅のアトリエでオブジェづくりをしたり、空を眺めて夭折した父に語りかけ、明日の天気に思いを馳せたりと屋内シーンが多い。

茶の間での母親（風吹ジュン）との会話から、ヒロインの生い立ちがだんだんと明確になっていく構成だ。そこに、この作品の持つ散文詩的な香気がある。こうした演出は、月9のドラマでは、やや高級である。作品全体に冷ややかな、暗いものすら感じられる。

屋内の場面は、アトリエや茶の間だけではなく、いとこの涼ちゃん（高橋克典）が働く洋食屋、沢渡の勤務する出版社など、縦長の構図がうまく活かされている。演出のメインは中江功さんである。

注目に値するのは雰囲気描写と、人物の性格描写である。明るさを微塵も見せない沢渡徹役に堤真一さんを選んだ理由もこの点でうなずける。彼の暗さを突き詰めたものに、後に、映画『39刑法第三十九条』という佳作が生まれた。

暗さは、彼があちこちを歩く場面で表現される。孤児院を訪れるシークエンスが一番、顕著である。ほかに、雪道の冒頭、優香の家のそばの坂、海辺の街のシーンにも孤影が漂う。

優香の動かし方も達者である。冒頭の雪の場面、走り方、いきなり鳥が飛び立つシーン、並んだ自転車を将棋倒しにするシーン、両手に紙コップを持ちながら風船をつかむシーンなど、歩き方や手の動かし方で、人物像を浮びあがらせている。

表情の描写はどうか。優香のクローズアップが多いが、沢渡の場合は感情表現をしていない。俯きかげんの眼技が多用された。だから、俯いてかすかにもらした笑みなど、抜群の効果となった。優香の唇をかむクセや絆創膏を指先でなぞるシーンのアップも印象的だ。

すこし動的な場面だと、彼女の芸術展の挨拶の場面や、オブジェがうまくできずに沢渡のマンションの外でしゃがみ込む優香の場面などに工夫が見られる。

全体を概観すると、この物語はごくありふれた、平凡な内容しかもっていない。また収賄疑惑と復讐という横糸がうまくからんでいるとはいえない。もっと内容にふくらみがある脚本なら、傑作になりえたかもしれない。

ラスト近くの沢渡徹の出さなかった手紙というのは、脚本での禁じ手だが、かなりせつない。雪の日から始まり、春に終わる常套(じょうとう)の手法も余韻が残る。

90年代のドラマには興奮があった。


（2008・1・23）

『櫻の園』

中原俊監督の作品（'90）だが、私立の名門女子学園の劇開演前の心境を繊細なタッチで描いた秀作である。原作はチェーホフではなく、吉田秋生さんのマンガだそうだ。

舞台は女子高の演劇部の部室が中心で、春の創立記念日には、演劇部の生徒たちがチェーホフの『櫻の園』を上演するのが慣行である。その開演までの2時間のドラマである。

舞台に出演するのは3年生である。演劇部長が小間使い役（中島ひろ子）、他に女主人の主役（白島靖代）と若い従僕役（つみきみほ）の3名に、2年生の舞台監督（宮澤美保）が狂言回しとして絡む。この4名を主体にドラマは進行していく。

小間使い役と女主人の主役の友情を超えた恋愛、若い従僕役が小間使い役に抱く仄かな慕情が歪んだ形ではなく、ナチュラルに描かれている。

ドラマには清冽な風が流れている。こまかいカットを丁寧につないだ端正な映像である。構図が惚れ惚れするくらいに巧緻で、カット割りに、監督のセンスの良さを感じる。見とれてしまう。

俳優では、小間使い役の存在感と若い従僕役のナイーブな面差しが印象に残る。人物の出し入れ、人物の動かし方にも感心させられた。

小間使い役と女主人公役の扮装した2人が、記念写真を撮るシークエンスがその白眉である。縦の移動撮影をつかわないで、四つか五つの短いショットを積み重ねて、クローズアップしてゆく撮影には、正直、唸ってしまった。とても素敵だ。

ほかにも、満開の桜の下を2人のセンセイが歩くクレーンを使用したシークエンスも素晴らしい。ラストの誰もいない部室に、桜の花弁が一片、二片と入り込んでくるシーンも、青春の移ろいを静謐（せいひつ）なタッチで捉えていた。

春の明るんだ木漏れ日が部室に射し込んで、部室の床の光の溜まりが斑（まだら）になった。時代は流れ、風景も変わっても、いつの時代でも、学生時代のブリリアントで鮮やかな瞬間は、変わらないのかもしれない。

なんだか、悲惨なバレンタインデーの最後の最後に、とてもいい贈り物をもらったような気がした。

（2008・2・15）

お昼の定食屋

今頃になって、『男女7人夏物語』を楽しんで観ている。脚本家の鎌田敏夫さんとのおつきあい（といってもドラマを通じてだが）は、結構古い。

東宝映画時代の井手俊郎先生門下の時のあまり出来の良くない作品、たとえば石原慎太郎原作の『青春とはなんだ』の流れを汲んだ『でっかい青春』、あるいはウェットな青春ドラマの『俺たちの旅』も、みな観ている。

そして、アラン・アルダの『四季』の影響が色濃い『金曜日の妻たちへ』（『金妻』）第一作あたりから、彼の才能が開花して、ストーリー・テリングに優れた流行作家になった。おしゃれな小田急線や東急田園都市線の分譲住宅（中央林間やつくし野など）に住む、団塊の世代の既婚男女たちのホームドラマに、不倫を絡めた作風が誕生した。住宅地の場所と、仲間たちが集うリビングの空気感の演出がキモである。

つまり数学の順列と組み合わせのように不倫カップルになったり、夫婦関係が修復されたりする恋愛ドラマが『金妻』を経て、独身男女の恋愛ドラマとして開花したのが『男女7人夏物語』（『男女7人』）だ。そして、全編NYロケの大人の恋愛ドラマの『ニューヨーク恋物語』やハートフル・

コメディの『29歳のクリスマス』の傑作が生まれた。

あらためて観て、面白かった。今振り返ると、TBSの『男女7人夏物語』こそが、フジの月9のトレンディ・ドラマの原型である。フジテレビプロデューサーの山田良明さんと大多亮さんのコンビが、月9の青春ラブコメを大ヒットさせた。『男女7人』以前にも、山田太一さんが『ふぞろいの林檎たち』という青春群像ドラマを手掛けていた。だが、山田さんの作家性から、挫折、落ちこぼれ、自殺など、陰キャばかりで楽しいものではなかった。恋の高揚感など微塵もない。『男女7人』から、陽キャの青春群像ドラマは始まった。みな社会人であったのも新鮮だった。

私事では、千歳船橋本社から、麹町に本社が移った頃だ。夕暮れになると夜の空気に誘われて、行きつけの店に毎日繰り出した。だから、テレビなど見ることはなかった。

『男女7人』はタイトルバックで、清洲橋が正面に映し出されズームアップしていく。次いで首都高速6号向島線が映った。今なら東京スカイツリーが背後に、あまり美しくなく聳えているはずだ。

隅田川が流れる清洲橋を大竹しのぶさんが欄干でリズムをとりながら、スキップするように走ってくる。初々しく、若さが弾けている。

好きなシーンは夜の定食屋さんで、冷ややっことブリの照り焼き定食を頼み、ビールを飲むところである。いつものように、明石家さんまさんと口げんかになる。じゃれあう場面で、小泉今日子さんの「夜明けのMEW」がかすかに流れる。

「愛をごめんね　君をすべて　知っていると　思っていた」（『夜明けのＭＥＷ』、秋元康作詞）のところが流れた。

このころはいつも、おいしい刺身や酒の肴を求めて、麹町の行きつけの店に繰り出した。飽きると、横町から立ちのぼる美味しい匂いにつられて、ついフラフラと銀座や新橋の裏通りの赤提灯をさまよった。酒量は多すぎたけれど、理想の老後のような毎日だった。

今日も日が暮れるなと思うと、今夜はどこへ行こうと胸がときめく。お昼においしい定食屋さんで、ほうれん草のおひたしやきんぴらに、肉豆腐に、味噌汁にご飯など食したのは、20代半ばの虎ノ門勤務くらいまでだ。むつ照り、たらこのチョイ焼きとか、さんまの焼き魚定食とか、ホタテのフライ定食なども食べた。

20代後半に本格的な酒飲みになってからは、二日酔いの翌日のお昼は、コンビニのおにぎりか、たまにホカホカ弁当屋の肉ちょっぴりの野菜カレーなど食し、お昼休みの時間はへたくそな将棋を指していた。

30代の半ば頃になると、いつも二日酔い気味になり、お昼はソバ屋で卵とじソバなどを食した。

今なら、秋の陽ざしが陰りだしたこの季節は、夕方近くなったら「おいしい日本酒を飲もうよ」と誰かを誘って、静かなお酒を楽しみたい。ボクにとって、それが本当の「理想の老後」なのだと思う。

宅飲みなら、今週に起こったうれしかったことなどをとりとめもなく思い浮かべ、最初はビールを飲む。そのあとで、利尻昆布の京の絹ごしの湯豆腐をつっつきながら花瓶の萩の花など眺めて、できればボケっと何も考えないで、アツアツの日本酒を時間かけて飲みたい。

きっと翌日は、少し飲み過ぎになるに違いない。

（2015・11・5）

松木ひろしさんを偲ぶ

都会派コメディ作家の松木ひろしさんが亡くなった。

高校生の頃に、ビリー・ワイルダーとI・A・L・ダイアモンド脚本の洗練コメディが大好きになった。日本の喜劇映画はどうにも泥臭く、ウェットになるのが宿痾(しゅくあ)だ。だからどんなに巧緻にできていても、渥美清さんの寅さんは大好きになれない。湿った感じが苦手だ。『アパートの鍵貸します』の哀愁は、乾いた感傷である。ビリー・ワイルダーとI・A・L・ダイアモンドとまではいかなくても、ブレイク・エドワーズとハリー・カーニッツの『ピンクの豹』や『暗闇でドッキリ』のような作品を心待ちにしていた。

そんなころに、松木ひろしさん脚本の石立鉄男さんのドラマが始まった。

それまでの石立鉄男さんは、安田道代さんを人質に立て籠もるB級映画の佳作『殺人者』のイメージが強烈だった。悪漢だが、やがて人質の安田道代さんと恋に落ちて、最後は自殺する役柄だった。いってみれば、ウィリアム・ワイラー監督の『コレクター』の原作のジョン・ファウルズの小説の前半部分のような映画だった。

三島由紀夫さんの原作、蔵原惟繕監督の前衛映画『愛の渇き』も忘れ難い。寡黙な園丁(えんてい)の使用人役で、若く引き締まった粗野な石立さんの肉体に、浅丘ルリ子さんが魅かれていく役どころだった。余談だが、この映画はかなり実験的である。モノクロ映画であるのに、突然空が真っ赤になったり、ロングショットの台詞が字幕で表現されたりした。

彼は新劇のホープで、シェークスピア俳優を目指していた。

テレビドラマの初期の出演で記憶しているのは、『光る海』（石坂洋次郎原作）である。鰐淵晴子さんがヒロインで、その相手役の主役だ。まだ若かった母たちが、テレビの『乱れる』の中山仁さんが素敵だと騒いでいた。中学生だった僕は、石立さんの方がずっとカッコいいのになあと思った。それくらい二枚目の舞台俳優だった。松木ひろしさんもメインではないが、脚本を書いていた。

岡崎友紀さんとの『おくさまは18歳』の頃から、はっちゃけた役柄が定着したように見られているが、その前に隠れた佳作の『S・Hは恋のイニシャル』がある。これは、松木ひろしさんの石立ドラマの原型（後の『おひかえあそばせ』『雑居時代』etc）のような作品で、大坂志郎さんの男やもめの家に、主人公が転がり込むパターンもこの作品からだ。主人公は布施明さんで、イニシャルがS・Hのハンカチを貸してくれた一目惚れの謎の女性が伊東ゆかりさんだった。

物語は、この女性をひたすら探し続け、イニシャルがS・Hの女性が次々に登場する。最終回に伊東ゆかりさんは再び、ちょっとだけ登場する。

松木シナリオの定石では、大坂志郎さんが男やもめで、娘たちだけの家庭に、アフロヘアーの石立鉄男さんがどういうわけかいきなり転がり込む。『だいこんの花』『雑居時代』『池中玄太』『玉ねぎむいたら…』も、みな、男やもめの設定だった。母親の存在を消した状況で、ドタバタ劇や混戦模様が展開された。

美女たちの一人（たとえば、大原麗子さん）と、いつもののしりあいながら、くっつきそうで、いっこうに進展しないという隔靴搔痒な感じが、恋愛恐怖症をこじらせたボクにはしっくりきた。大原麗子さんとののしり合いが、なんとも快調なテンポで、都会的なセリフが飛びかう。このへんが渥美清さんだと、どうもカラッとしない。

松木ドラマは、『グレートレース』でジャック・レモンやトニー・カーティスが演じたような、大げさな演技なのに都会的でスマートなのが持ち味だ。だから、石立鉄男さんのような二枚目半が三枚目を演じないと、そうはならない。コメディが泥臭くなる。『雑居時代』など、うまくできた典型である。

松木ひろしさんは、脚本のハコ書きができなくて、東宝映画で学んだとどこかの記事で読んだ。たぶん、『サラリーマン目白三平　女房の顔の巻』が井手俊郎さんと共同脚色だから、井手さんから習ったのではないか。東宝入社時代の石原慎太郎さんも、井手さんから習ったと書いていた。

植木等さんの『ニッポン無責任時代』（シリーズ第一作目）は、じつに愉快痛快な共同脚本（田波靖男）だった。怪奇映画の知る人ぞ知る才人、佐藤肇監督の『散歩する霊柩車』は隠れたスリラー・コメディの大傑作であるし、内藤洋子さんの『年ごろ』は爽やかな青春映画だった。松木さんは60年代の映画脚本も数多く書いていた。

松木さんがコメディ作家になる前は、日本テレビで日活監督が演出した石坂洋次郎ものの脚本を何作も書いた。『雨の中に消えて』や松木ひろし的シチュエーション・コメディ調の『あいつと私』などだ。

松木さんが一人だけで、一年間の連ドラを書き上げるストーリー・テラーになる下地になったと思われる。石坂洋次郎さんの加賀の旅館の親子二代の恋愛を描いた原作をベースに他の石坂作品と組み合わせた『ある日わたしは』は全28話のうち、24話くらいは彼のオリジナルである。石坂文学特有の進歩的女性の性にまつわる大胆できわどい会話の中で、都会的センスにあふれる松木さんらしいホームコメディが際立った。

また向田邦子さんと『七人の孫』や『だいこんの花』など、交代で書いていた時期がある。前者はいろいろな作家が書いたが、後者になると松木脚本の方が断然面白いし、ドラマ全体の骨格は松木作品である。

森繁さんと竹脇無我さんの掛け合いの「片方がいじると、片方がすねる」という会話の妙は、テンポよく絶妙な間があった。まるで、社長シリーズの森繁さんと小林桂樹さんの掛け合いのようだった。

長いこと松木ドラマを観続けていると、ときどき松木ひろしさんらしさが失われ、そろそろ限界かもなあと思い始めていた。

そんな時に、80年代の『池中玄太80キロ』が始まり、やっぱり松木ドラマは面白いと再確認する。

通信社の報道カメラマンのシチュエーションがなんとも賑やかで、時間に追われる仕事特有の興奮があった。

松木作品にはカメラマンものが多く、他には新聞記者やマンガのチーフ・アシスタントなど、華やかな職場も魅力の一つだった。職場と男やもめの家庭が場面転換しながら、二つの物語が同時進行してゆく。時に、交差したりもする。

西田敏行さんと長門裕之さんや三浦洋一さんの掛け合いがドラマのお約束で、毎回大声で罵倒しあい、ののしりあい、また仲良しに戻るというパターンが快調だ。ボクは坂口良子さんのファンだったから、西田敏行さんと「くっつきそうで、くっつかない」微妙な関係を引っ張って、引っ張って展開されるロマンティック・コメディが楽しかった。

松木ドラマの真骨頂は、現代風俗とお洒落会話が融合した都会的洗練にある。

当時、謎だった葉村彰子さんという覆面作家の正体は、どうも松木さんや向田さんなどの作家集団の持ち回りの合作のようだ。松木ドラマや『水戸黄門』や『大岡越前』などに登場するが、ボクにはあまりしっくりこなかった。

松木ドラマは60年代から80年代後半までの30年間、ボクの鬱屈した青春の清涼剤だった。あらためて合掌。

考えてみれば脚本家が原案を名乗れるようになったのは、彼の功績だと思う。もっとも原案は原作とは異なり、著作権はない。大好きだった坂口良子さんも大原麗子さんも、石立鉄男さんもみんな逝ってしまった。とても、さみしい。

そういえば、『フルーツポンチ3対3』とか、『レモンスカッシュ4対4』とか、『水蜜桃は青かった』とか、お洒落なタイトルも魅力だった。この3作も傑作なのだが、今のところNetflixやU-NEXTでも、DVDでも観れない。あとのお楽しみですね。

（2016・9・22）

補（2024・7・30）

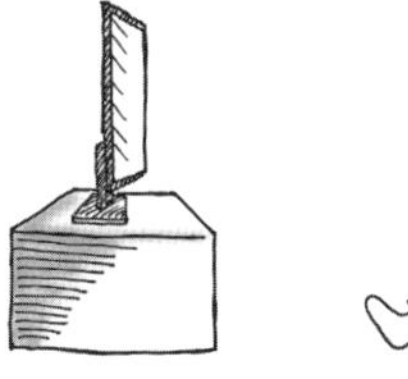

ポトマック河畔の桜

桜の季節である。

ボクの仕事部屋は5階にある。部屋の窓から見ると、山を背景に熊本市内の海側が見える。海は見えないが、緑とマンションがいっぱいある。あちらこちらに白い塊が散在している。たぶん、桜だ。もう、葉桜のはずだが、この地は桜が多い。

東京にいた頃、忘れられない桜の想い出がある。30代半ばの頃だ。4月の中旬ぐらいだった。イギリス大使館から竹橋に抜けるのに、代官町通りをタクシーで通った。ボク達の仕事のミスで、主要取引先に迷惑をかけて、上司と一緒にお詫びに行く途中だった。道路の両側は、満開の桜だ。お昼の1時頃で、雲一つない青空だ。

上司は「いい天気だなあ」とボソリ言った。伸びやかな感じだった。浮かないキブンだったが、「よい上司だな」と思った。今でも時折思い出す。

老母が、アメリカのポトマック河畔(かはん)の桜がきれいだったという。ゴザを敷いてものを食べたりしている人がいるが、たぶん日本人かもしれないという。ニュースか何かで見たのだろう。

ボクは外国に一度も行ったことがない。ポトマック河畔の桜をネット検索してみる。どうやら、日本の山桜をベースとして荒川堤の里桜を接ぎ木したものらしい。

朝、ポトマック河畔のベンチで、コーヒーを飲みながら、桜を愛でるアメリカ人もなかなか絵になる。日本の花見の酔っ払いのドンちゃん騒ぎを否定しないが、あまり美しいとは思わない。アメリカの観桜風景も、悪くない。

通り抜けする大学では、ハナミズキの白い花が咲いていた。例年よりかなり早い。ヤマボウシはまだ先だ。ハナミズキは、フォード大統領が訪日した時に、アメリカの桜として紹介され、迎賓館に植樹された。

昨夜、ブログめぐりをしていたら、南沙織さんの『ひとかけらの純情』が聴けた。

「いつも雨降りなの　二人して待ち合わす時
顔を見合わせたわ　しみじみと楽しくて
あの恋のはじめの日を　誰かここへ連れてきてほしいの」

（『ひとかけらの純情』、有島三恵子作詞）

どうしたふうか、初めてデートした日の気持ちが鮮やかに蘇った。やるせないのだが、なんだか華やいだキブンになった。きっと、今夜はぐっすり眠れるだろう。

還暦近くなれば、さすがに恥を知らないといけない。だが、感覚が一番老化しやすいそうだ。そのせいか、ボクは最近とみに、恥知らずが加速したような気がしてならない。

（2008・4・9）

銀座「ウエスト」を思い出した

昔からヒネクレものだが、最近その性格の歪み具合が助長したみたいだ。

昔はパンなんて、ちゃんちゃらおかしくて、あんなものは男子の食い物ではないと思った。それが今、石窯ライ麦パンのトーストにはまった。

石窯ライ麦に落ち着くまで、超芳醇、黒ごま、玄米、くるみ、レーズン、レーズンとくるみ、イギリスパン、イングリッシュマフィン、パリジャン（ハーフ）などなど、興味津々で試した。今現在は、石窯ライ麦か、ライ麦が一番相性がよい。

一昨年の夏、怪我で入院した時に病院のご飯が食べられなくて、一日三食ともパン食にした。それ以来、パンに目覚め、病みつきになった。

生来、極端から極端に走るタイプだ。昔は、「野卑で卑猥で軽薄」、これぞ男の甲斐性などと嘯（うそぶ）いていた。最近はすっかり軟弱になって、女流小説、少女マンガ、恋愛映画などにハマっている。

あのバイオレントな日々はどこへ行ってしまったのか。結局、軽薄だけが残った。たぶん、それが地なのだ。

昔は、「銀座ウエスト」に行っても、ブラックのコーヒーだけだった。いまならトーストしたサンドイッチを、迷わず注文するだろう。というのは前に大橋歩さんのエッセイで、美味しいと読んだからだ。死ぬまでに一度でよいから、「銀座ウエスト」で、クラブハウスサンドなるものを食したい。パンを3枚重ねただけだそうだが、どんな味だろう。想像は膨らむばかりだ。

今や毎朝、ライ麦パンにべに花マーガリン、そしてジャムだ。ジャムはマーマレード、イチゴ、マンゴー、アップル、ブルーベリー、アンズの6種類を揃えた。甘さ控えめの、スーパーでも一番安いジャムばかりだ。アヲハタ・ジャムよりも安い。

夜、冷蔵庫に並べてひとり悦に入って眺めていたら、老母にしっかり見られた。老母曰く、「甘さ控えめは傷みがはやい。何種類も買うのはバカだ」と言う。日替わりジャムが食べたいのだ。食べたいものは、食べたいのである。

まあ、本来は手作りジャムが一番だ。ボクが作ると、煮詰めすぎてカチカチに固くなるか、余分に作りすぎることが容易に想像できる。第一、アクとり、甘さ加減、食感やとろみなど考慮できるわけがない。むりむりむり、やっぱりむりだ。そう考えると、スーパーの日替わりジャムは極めてコスパがよい。

さて、マーガリンの「コレステロール0」と「ハーフ1/2」のどちらが健康にやさしいのだろう。スケールちっちゃいが、とても気になる。

（2008・8・14）

ニラ、ニラ、ニラ、心が揺れる

「ゆらゆらゆら　心は揺れる」というのはオフコースの『キラキラ』の歌詞だが、ニラ、ニラ、ニラの三連投である。一昨日はニラマンジュウ、昨日はニラギョーザ、そして今日はカキとニラの味噌汁を食す。癖があるのに飽きない味である。もっとも、そう思うのは、ごく少数派かもしれない。

ニラといえば、まず思いつくのはニラレバ炒めである。キングオブB級中華だ。時にタンメンやモヤシソバに、ひっそりと千切りのニンジンなどと一緒にニラが混じっていたりする。色鮮やかにして、遥かなるニラの匂い。それもまた楽しい。

めんつゆで作ったニラ玉も美味だ。邪道だが、ニラ玉に納豆を入れると、これがまた美味だ。ニラ玉に、マヨネーズを入れるうすらバカがいる。ネット検索をしていたら、「うすらバカってどんな意味なのでしょうか？」と問う人が少なくない。そういう自分で何も考えない「教えてちゃん」のキミたちこそが「うすらバカ」なのだと思ってしまう。

マヨネーズフェチなのだろうが、ご飯にマヨネーズをかけたりする輩（やから）は嫌いだ。マヨネーズでなく、めんつゆ風味の汁で食するから、ニラ玉は美味しいのだ。めんつゆは市販のものでよい。卵とじにニラと納豆が混じった感じが、絶妙な味になる。

ニラとキノコのスパゲッティも一興だ。キノコは何でもかでもぶち込む。シメジ、ブナピー、エリンギ、マイタケ、エノキなど入れる。

スーパーで、鍋材料用の切った野菜が大きな袋に入っているのがある。究極のずぼら料理だが、全部入れて、めんつゆで炒め合わせた和風パスタを作ったらどうなるだろう。コンソメ味ならありそうだが、めんつゆパスタは焼うどん風になりそうなイメージがある。なんとなくだが、バターとか食用油を加えないと、ぶっかけうどんの出来損ないになりそうな予感がする。だから、いまだ試していない。そのうちに『和の素材でイタリアン』（講談社）や『和イタリアンのレシピノート』（主婦の友社）の本を読んで、ちゃんと学ぼうと思う。

（2008・12・29）

夏の散歩道

昨日の帰り道のことだ。5時近かったけれど暑い。

焼きたてパン屋で、シュガーミルク、アーモンド、白パン、あと食パンを買う。カレー味、チーズ、ツナポテトとか、けっこう濃厚なのが売れ残っている。今や、売れ残りというのは不適切な表現である。ベーカリーレストランだからパンはさすがにおいしい。

仕事部屋から外に出ると、蒼い空が広がる。まるで絵具で染め上げたようだ。薄紅の赤トンボがいっぱい、空を飛び交う。青いムクゲの花が少ししおれて咲いている。

まだ暑いがそろそろ秋かなと思って、空を見上げる。まっ白な入道雲だ。もくもくと大きい。入道雲は、かなりご無沙汰だった。やっぱりまだ夏だ。しばらく見入っていたが、入道雲はピクリとも動かない。

どこの地でも同じかもしれないが、トウガラシ色の赤トンボが出現すると、秋である。空を赤く染めるように飛び交う。

帰り道、あちこちの家に百日紅が咲いていた。どの家の花も塀からこぼれるように咲き誇る。子供の頃は、百日紅のツルツルした樹幹を登ることにそうとう苦労した。「サルも木から落ちる」わけだと納得した。

家の近所の路地では、両側の家から赤と白の百日紅が枝垂れ、重なりそうになっていた。トンネルのようだ。赤い百日紅は燃えるような紅(くれない)だ。大都会のネオンに爛(ただ)れた紅の夜空は好きではないが、遠く離れてみると、懐かしい。

「少女は(中略)百日紅の樹によりかかって、西の山の端に沈む夕日を眺めながら小声で唱歌をうたっている」

国木田独歩センセイの「恋を恋する人」からの引用だ。いつもながらテキトーである。記憶違いがあるかもしれない。

ボクの中では、夕焼けの丘で、百日紅の樹に寄りかかった少女の絵が、勝手な思い込みかもしれないが、確かなイメージとして残っている。

(2007・9・4)

毎日がスペシャルだった頃

竹内まりやさんの『DENIM』が素敵だったので、さかのぼって『Longtime Favorites』を聴いたら、コニー・フランシスのロッカ・バラードの『ボーイ・ハント』がカバーされていた。じつは、この歌の映画を観ている。小学生だった。

その頃テレビでは以前にも書いたが、フロリダ州のマイアミを舞台にした『サーフサイド6』というトロイ・ドナヒューの青春探偵ドラマを放映していた。キューバ危機の前だから、陽光輝くマイアミビーチでの華やいだ青春群像が画面からあふれていた。『ハワイアン・アイ』というロバート・コンラッドとコニー・スチーブンスのドラマもあった。どちらも、リゾート地の青春ドラマだ。とにかく陽気で、楽しい。

トロイ・ドナヒューは太る体質だったようで、あっという間に赤ら顔の肥満俳優になり、すぐに消えた。だが、この頃のドナヒューのヘア・スタイルがイカしていて（そう、イカスという言葉が流行っていた）、いくらまねても軽くウェーブした前髪はさすがに無理だった。

『パームスプリングの週末』という映画では、主題歌はドナヒューがバックコーラスつきで歌っていた。今思うと、主演の主題歌つきというのは日活映画みたいだ。

映画の『ボーイ・ハント』もフロリダ州のフォート・ローダーデールが舞台で、春休みの4人の女子大生のドラマだった。英語版のウィキペディアによると、コメディなのだがシリアスな内容だった。内容はほとんど憶えていない。主題歌のコニー・フランシスの日本語バージョンは、子供心でも日本語がうまい。

「英語の意味なんか分からなくても、歌はフィーリングだよね」という時代だった。

ボクは大袈裟に言えば、歌姫の理想をコニー・フランシス、伊東ゆかりさん、竹内まりやさんの系譜に見ている。

コニー・フランシスはイタリア系のアメリカ人だ。高音部になると、せつない泣き節（Tear-in-the-voice）に変わるのが何とも魅力的で、伊東さんも竹内さんもすこし似ている。もちろん、2人がコニー・フランシスが大好きで、影響を受けたせいだろう。

ボクが思うには、コニー・フランシスには三つのパターンがある。一つ目は『カラーに口紅』のような、やや低音でリズミックなキュート系である。二つ目は、『ヴァケイション』のようなパンチの効いたダイナマイト系で、三つ目が伸びのある声を活かした、高音部の声がひっくり返りそうでひっくり返らない泣き節のロッカ・バラードだ。ポイントはソプラノ歌手ではないことだ。たぶん、1の控えめに抑えたキュート系とイタリアのカンツォーネの叙情が混じり合って、高音になると3のせつない涙声になるのではないか。

高音の代表曲の『渚のデイト』は、大林宣彦監督の『青春デンデケデケデケ』でとても効果的に使われている。主人公の林泰文くんを柴山智加さんが海水浴に誘いに来る。『渚のデイト』で始まり、海辺の水遊びでは、『ボーイ・ハント』の日本語バージョン、帰り道はポールとポーラの『けんかでデート』が流れた。とても初々しく、青春のキラキラ感、ワクワク感がよみがえった。

伊東ゆかりさんは「コニー・フランシスが大好きだった」とNHKの番組で言っていた。コニー・フランシスの曲だったら、弘田三枝子さんや中尾ミエさんの方が売れたかもしれない。前者は『ヴァケイション』、後者は『可愛いベイビー』が大ヒットした。

美しくなる前の、ダイナミックだった頃の弘田さんは、荻窪に住んでいたからよくお見かけした。『渚のうわさ』あたりから、ふっくらした体形は残っていたが、目鼻立ちの整った美人になった。けれど、『悲しきハート』の頃の親しみやすい顔立ちの方が、愛くるしくてボクは好きだ。後に、都はるみさんが真似た唸り(うな)のアクセントをつけた、野太いパンチの効いた声が炸裂する歌唱だった。弘田三枝子さんの場合、コニーというより、ブレンダ・リーに近かった。

伊東ゆかりさんの声質は、若い頃はなげやりふうだが、ほのかな甘さが心地よい。『ビー・マイ・ベイビー』のシングル盤は、弘田三枝子さんと伊東ゆかりさんの両方を買って聴き比べた。やっぱり、ボクは伊東ゆかりさんの方が好きだと思った。中学2年生だった。ただ、音楽番組の『森永スパークショー』の頃は、園まりさんがなんとも可憐で、フレッシュな色気もあって、園さんが大好きだった。伊東さんは地味で、くすんでいた。なんだか、ヤル気なさげにも見えた。

そこで、今回聴いた竹内まりやさんの『ボーイ・ハント』だが、伊東ゆかりさんへのオマージュのようだ。先達を踏み台にした、「私の方が今風でしょ」といった、ありがちな傾向とは真逆だ。

CDのセルフ・ライナーノーツ（自己解説）にも、しっかりと記されている。アルバム作りの最初に考えた曲は伊東ゆかりさんのカンツォーネの『恋する瞳』だったという。サンレモ音楽祭で入賞したときの、ショートカットの着物姿で歌う伊東ゆかりさんをリアルタイムで見ていて、声が伊東ゆかりさんに似ているといわれると、今でもうれしいと書いている。

『不思議なピーチパイ』のとき、伊東ゆかりさんにそっくりな声の、ノッポな女の子だと思った。そんな彼女が五十路を越えたと思うと、感無量である。

松田聖子さんも含めて3人には共通点がある。声の甘ったるさだ。伊東さんと竹内さんの系譜だと甘い声だが、アルトだから淡白である。華やかだけど爽やかである。松田さんは甘さにハスキーな声が混じったキャンディー・ボイスで、むしろセクシーだ。

漣健児さんの訳詞が、また素晴らしい。『ボーイ・ハント』の原題は、「Where the Boys are」だ。「男の子たちのいるところへ」という意味だろう。サビの部分で、英語の詞ではこのフレーズを3回かぶせるように繰り返すのだが、「その日を、静かに、静かに」と訳している。名訳であり、ある意味で創作でもある。この時代のポップスの訳詞は漣健児さんの独壇場だった。

『ヴァケイション』の「V－A－C－A－TION」でも、「待－ち－ど－お－しいのは－」と訳詞した。伊東ゆかりさんの日本語バージョンの『ボーイ・ハント』を今晩聴いてみよう。

竹内まりやさんのようなカバーなら大歓迎である。オリジナルをもう一度聴きたくなるカバーは久しぶりである。

よい年のとり方をした女性って、なんて素敵なんだろう。

（2007・7・16）

トロリーバスはどこへ行った？

昨日の朝刊に、ＤＭＶ（デュアル・モード・ビークル）の記事が載っていた。ＤＭＶは電車なのだが、バスでもある。鉄路を鉄車輪で走るが、道路はゴムタイヤで走る。タイヤの切り替えは、ボタン一つだそうだ。ばかに簡単そうだが、真相は定かでない。マイクロバスを改造したものらしい。新聞の写真を見ると、黄色くてかわいい感じだ。

最高時速50キロで線路を走り、時速30キロで山を登るそうだ。野焼きしたばかりの黒々と焦げた野原を、この電車が走る。

まだ実証実験段階だそうだが、実用化したらこれは試乗したい。南阿蘇を走るそうだ。ＤＭＶが広く普及したら、ある旅館にもう一度行ってみたい。不便なところにある。

山に囲まれた一軒宿の温泉だ。すぐそばを川が流れていた。岩魚が釣れる。源泉掛け流し温泉でひと風呂浴びて散策すると、登山の登り口がある。

日暮れになると、灯りは数えるほどしかない。川の音しか聞こえない。この場所にはＤＭＶがよく似合う。わたらせ渓谷鉄道の温泉旅館だ。

ＤＭＶに限らず、よい年をして恥ずかしいが、乗り物が好きである。宇奈月温泉のトロッコ列車も素敵だった。紅葉の季節に、山の高いところをトロッコ列車は走る。橋を渡った。紅葉で絶景だが、高所恐怖症にはかなり辛いものがあった。

宇奈月温泉といえば、宇奈月温泉事件で有名だ。民法の講義で学んだ。内容は当然、忘却のかなただった。数年前、フジテレビの月9『ビギナー』でおおよそを知った。「権利の濫用」を扱った有名な事件だったようだ。

今の地の市電も気に入っている。それにもまして、子供の頃からモノレールが好きで、今も変わらない。

モノレールというと、羽田へアクセスする東京モノレールが有名だ。だが、本当に憧れているのは、ユーカリヶ丘線である。

昔、ユーカリヶ丘の新興住宅に住むのが夢だった。ユーカリヶ丘線は最初モノレールだが、その後、トンネルや森や田んぼを走るときは電車になる。駅と駅の間隔が短い。だから頻繁に止まるが、たいした問題ではない。高台に住宅地があった。門扉まで階段がある。カッコよいけれど、ボクがもっと年をとったらかなりしんどいし危ない。

遠い昔、荻窪に住んでいた頃、新宿や日本橋や銀座のデパートには親に連れられよく出掛けた。銀座の小松ストアーが好きだった。今でも朧（おぼろ）げだが、当時の店舗内レイアウトを憶えている。そのぶん、池袋には縁がなかったし、正直に言えば、あまり好きな街ではない。

池袋にはトロリーバスが走っていた。レールのない無軌道電車である。今は無軌条電車というようだ。架線が張ってあり、それに導かれて走る。新宿の帰りは遠回りして、トロリーバスで渋谷経由の井の頭線で帰った。そうしないとトロリーバスに乗れない。まだ若かった母が子供の我が儘につき合ってくれたのだろう。

井の頭線の高井戸駅で降りた。高井戸駅は築堤上の駅で、かなり高い。もちろん、環八などまだない。

我が地ではめっきり春めいて、白モクレンが満開である。この花が咲くと周囲がいっぺんに華やぐ。昔は派手すぎて好みではなかったが、年をとってから好きになった。風が吹くとはらりと散る。大きな花びらが優雅に舞い降りてくる。

街路樹のコブシも美しい。ヤブツバキも美しい。なぜか地元の肥後椿はめったに見ない。生け垣ではベニカナメモチの新葉が目立つ。毒々しく感じて、あまり好きになれない。

待ち焦がれた山桜が、ようやく緑の竹林の中で、白なのにピンクっぽく咲いた。

（２００８・３・22）

竹秋の露天風呂

ゴールデンウィークの連休の間は何もしないで、グータラな日々を過ごした。食べて、読書して、DVDなど観て寝る。その繰り返しだった。

久しぶりに散歩に出掛ける。青空の下、竹やぶが新緑で春の光に輝いている。「あっ、きれい」と思いながら、今年もタケノコの旬は終わってしまったなと気づく。タケノコご飯ももっと食べておけばよかったと、くよくよ悩む。

皮付きの焼きタケノコも、まだ今年1回しか食していない。朝掘りを皮付きで、ホイルなしの直火で網焼きすると、野趣豊かでとても香ばしい。アツアツの焦げた皮をむき、塩で食す。タケノコはちょっぴり甘くしんなりして、えぐさがかすかに口に残る。芳しく、歯応えがよく、オツな味だ。こりゃ、堪まらん。

実は、「竹秋」の露天風呂の想い出がある。

ところは湯郷(ゆのごう)温泉である。ググると、新幹線の岡山駅からバスで100分くらいだ。もっと近かった気がする。

竹林で有名な宿に泊まる。会社の同僚の結婚式が福岡市内で挙行されるので、東京から大挙して出掛けた。上司の人たちはみな飛行機だった。ボクと相棒は休暇をとって、別行動で湯郷から倉敷経由の福岡への2泊3日の旅をエンジョイした。三十路を越していたのに、学生気分のままだ。出世など無関心で、仕事への自覚もかなり欠けていた。不良社員だ。

宿の露天風呂は、宿から一端外に出た道路を隔てたところにある。坂を上ると左手が男湯で、右手が女湯だった。

銭湯みたいだ。周りが竹林だから、秋田なよ竹のかぐや姫の世界である。『竹取物語』だ。竹林に埋もれた岩作りの湯船にただ一人、湯にじぃっとつかる。真っ昼間である。

「いやあ、極楽、極楽」、命の洗濯とは、たぶんこういうことをいうのだろう。竹林の葉は黄ばんでいた。かくして、タケノコに栄養分が行き届く。

風もないのに、黄色い竹林の葉は青い空をクルリ、クルクルとゆっくり螺旋を描いて降って来る。湯船に葉は浮かび、やがていずこともなく流れていく。

竹林は4月末の陽を浴び落葉を散らし続け、細かい雨のようだった。

実に優雅な露天風呂で、すっかりゴキゲンになっていると、目の前の小高い斜面を若い女性が数名上っていく。みなさんお美しい。横目で、ボクをちら見どころか堂々と見ていく。後で聞いたら、女性の仇討ちのための湯だそうだ。確かに、上からしっかり見下ろされた。だから、入り口に「仇討ちの湯　女湯」の掲示があったのか。

まっ、いいではないか。見られて減るものじゃない。けれど人様の観賞にたえるとは、とうてい思えない。ツーコンの極みだ。

マザマザと見られると、一人だとさすがに心細い。思えば小学校の頃、電信柱につかまって銭湯の女湯を覗き見したのが災いしたのかもしれない。

正直に言えば、満更でもない。手ぬぐいやタオルで隠すというのも、ボクのささやかな美意識に反する。

しばらく湯につかっていたが、女性の風呂は長い。すっかりのぼせた。

若い異性からじっと見られるのは、恥ずかしいことだが、これがなかなか色っぽいもので、ちょっとだけ、シアワセだった。


（2008・5・6）

春の予感

2泊3日の所用で鹿児島へ出掛ける。

早朝にオフィス街へ向かうと、ビジネスパーソンの出社風景に出合う。朝はいつも慌ただしかったものだと、会社組織でバタバタと働いていた頃をふと懐かしむ。

天文館通りの夜の街を2晩続けて、行きつ戻りつし、さまよう。あちこちの店に篤姫(あつ)祭りの名残りがあった。大変なブームだったのだなあと、今になって気づく。

一昔ふうに言えば、「篤姫じゃ〜っ!」である。今の若い人は、「もののけ姫」しか知らないだろうが、昭和には少女ギャグマンガの『つる姫じゃ〜っ!』が一世を風靡したことがある。

夜の街では、しゃぶしゃぶなど、名物の黒豚料理を食した。好みでは、キビナゴやカツオの刺身が美味である。

キビナゴの唐揚げにダイダイを搾り、塩で食すのもオツな味である。本場の鹿児島では、キビナゴの刺身は酢みそで食すようだ。なるほど、ボイルしたホタルイカや肉厚の紋甲イカなども、酢みそがよく合う。

郷に入っては郷に従えなのだが、キビナゴも、ホタルイカの刺身も、ショーガ醤油にワサビを少し溶いて食す方が好みだ。さすがにワケギなら、ぬた和えがよいし、サラシクジラも酢みそがよく合う。

本場の揚げたてのさつま揚げは、さすがにおいしい。注文を聞いてから、魚をさばき、すり身にして揚げているようだ。やっぱり、味の格が違う。わさび醤油で食すと、もう堪らない。表面はふんわりしているのに、なかみはしっかりとした深い風味で歯ごたえもある。本当は何もつけないのが本場の食し方のようだ。

春の陽ざしを浴びて、広い道路を市電がゆっくりと走る。芝生の絨毯のレールに陽光が輝く。なんか、長閑(のどか)にして優雅でもある。惜しむらくは市の東方面の桜島が、オフィス街のビルの谷間にかくれて見えない。

それにしても、春めいた陽ざしが眩しい。気温は16度だった。タクシーの運転手さんの話だと、桜も一分咲きらしい。この陽気だと不思議ではない。

帰りの九州新幹線に揺られ、昨夜の料理屋に昭和50年のテレビ番組の『料理天国』の写真が飾ってあったのを思い出した。35年も前のことなのに、当時の記憶が鮮やかに蘇った。いろいろあったけれど、あの頃は、毎日がお祭りだった。

気分はすっかり、春の予感である。つまり、「春の予感　そんな気分　時を止めてしまえば」（『春の予感』尾崎亜美作詞）の心境である。

（2009・2・21）

暴走族になってたら

暴走族になりたくて、教習所へ行ったことがある。マンディアルグの『オートバイ』の映画化の『あの胸にもういちど』（'68）を観た頃だ。マリアンヌ・フェイスフルが裸体に黒いレザーをまとい、ハーレーをぶっ飛ばす映画だ。フランスとドイツの国境を越えて、美しい風景を切り裂くように疾走する。とてもカッコよかった。その40年後に、『やわらかい手』で彼女と再会した。初老の演技には感動したが、アイドル時代を知っているので、見ていて辛い。だって、『ルパン三世』の峰不二子さんのモデルになった人だ。

「族」という言葉は、昔はよく使われた。たとえば、「太陽族」「六本木族」「みゆき族」などである。「原宿族」はやがて「竹の子族」に変化した。「太陽族」は昭和31年だから、まだ小学校にも行かない子供の頃だった。「原宿族」の時は17才だから同時代だが、スポーツカーかバイクに乗れないとお話にならない。「六本木族」や「みゆき族」は、団塊の世代の裕福な家の子女がやったことだ。兄貴分の世代である。「竹の子族」はどこかダサい。代々木公園横の歩行者天国では、竹の子族のストリート・パフォーマンスが繰り広げられている。まるで仮装行列のようだ。アフロもモンぺも、ストリーキングもみなイモっぽい。たぶん、お上りさんが主体だったからではないか。

昭和50年の冬だった。中央線が「スト権スト」でストップして、勤務先の分室だった麻布のマンションに3日間くらいカンヅメになった。

泊り込みしていたマンションの少し先に、イタリアンレストランの「キャンティ飯倉本店」がある。静かな街並みの中にレストランはあった。ああ、ここで六本木族だった加賀まりこさんや安井かずみさんは、金曜の夜に特製の「ブイヤベース」を食したのだなあと思った。去年亡くなられた峰岸徹さん（当時、峰岸健二）の『六本木の夜 愛して愛して』も観ていた。昨日のことのようだ。

「みゆき族」はアッという間に消滅したが、少しだけ知っている。

今もある和洋菓子・喫茶『風月堂』のそばに、『ジュリアン・ソレル』という瀟洒な喫茶があった。一階がブティックで、螺旋階段を上った2階だった。みゆき通りを女子はロングスカートに大きなバッグを持って歩き、男たちはみなアイビーだ。『平凡パンチ』の表紙の大橋歩さんの絵があちこちに散らばったようだった。

ボクもVANの細いこうもり傘は持っている。その名残ではないが、いまも傘を手放せない。夏も春も、こうもり傘だ。腕時計と同じで持っていないとなんだか落ち着かない。

「原宿族」は友だちと友だちのガールフレンドのお供で、しぶしぶだが実地見聞した。原宿駅のリゾート風の佇まいは好きだ。表参道のケヤキ並木が気持ちよくて、坂道も好きである。行ったことはないが、シャンゼリゼ通りもこんな感じなのかなあと思っている。

明治神宮前駅ができた頃から、少し原宿の雰囲気も変わった。ボクとは無縁だったけれど、原宿ビブレも消え、ラフォーレ原宿がなんと30周年だそうだ。以前は教会だった。

原宿に出て、「ピーチメルバ」を食べる江國香織さんの短編小説を読んだことがある。ウィキペディアの写真を見ると、バニラアイスに桃を乗せたようなものだろうか。まあ、原宿でフレンチなど一生ありえない。

もしも冒頭のバイク免許がとれていたら、夜の原宿を乗りまわしたかった。ひょっとしたら、「族」のオピニオンリーダーになっていたかもしれない。

まあ、人望がないから、さすがにそれは無理だな。


（2009・1・20）

さらば、愛しのはたき

はたきが懐かしい。ボロっちい布きれと竹の棒でできたはたきである。ボロっちいと書いたが、素材が着古した着物だったりしたので、まれに極彩色（ごくさいしき）になったりした。はたきはいつの間にか、消えた。いつからだろう。

お仲間のちりとりもぞうきんも、バリバリの現役である。ほうきやバケツも、まだまだ現役だ。竹ぼうきはうっすらと存在感を示している。

クイックルワイパーやロボットのルンバは、埃をパワフルに吸収してくれる。はたきは埃をまき散らし、バタバタ叩くと古ぼけた障子紙を破ったりした。

今なら、「ハウスダストを舞わせてどうする」と叱られるかもしれない。でも、24時間換気だし、部屋中の窓を全部開ければ換気はよくなる。寒くても、部屋の空気はきれいになる。

年末のはたきがけと障子貼りは、もはや「今は昔」の今昔物語みたいだが、1年間の汚（けが）れの祓（はら）い清めは、朝から家族総出の年末行事だった。面倒臭かったが、今となると懐しい。貼りかえる障子をブスブスと破るのは小気味よく、ツーカイだった。親から遊ぶなと叱られた。

昔の不便な生活様式がだんだんと姿を消していくのはさみしい。だから、古民家暮らしは今、人気がある。そう思いつつ、観葉植物の葉っぱなど、はたきでナデナデしてみた。
　はたきといえば、やはり古本屋である。カビ臭い匂いの古本屋では、店主がはたきで本棚を叩いた。

　大掃除はいつも、はたきがけから始まった。スナップをきかせて、はたきをバタバタかけるというのも、心地よいものがある。草むしりと同じで、はたきがけは無心になれる時間である。つまり、何も考えない。かわりにヤナことも、一瞬だけだがきれいさっぱり忘れる。草むしりはつい一心不乱になって腰痛を悪化させたりする人もいるようだ。その点、はたきがけは、おざなりでよいから気楽である。

　大きくて重いガーガーいう電気掃除機も、両手で抱えた巨大な洗濯用洗剤も姿を消した。両手で抱えきれないくらいのバラの花束は今も歓迎されるが、洗濯用洗剤はさすがにもうどこにもない。はやらないかもしれないが、妙齢なご婦人が白足袋で楚々（そそ）と、はたきがけする姿は絵になって、まことによいものである。
　フローリング主体のマンションでも、どこかに畳のスペースが欲しい。やはり、和の空間は気持ちが落ち着く。憂国（ゆうこく）の情（じょう）などさらさらないが、日本酒好きとしては、ついそう思ってしまう。

（2008・12・9）

怪しい洋館

毎日暑く、夏休みが待ち遠しい。ビールがすこぶる美味いが、1リットル以上は飲まない。それも、週に3日の休肝日、4日の飲酒だ。辛いが、一度決めたことだから死守するつもりだ。今の季節は鱧(はも)料理が多い。鱧のシャブシャブは邪道だと思う。湯引きを梅肉で食すのが好みだ。今ならホヤも美味だ。ホヤの磯臭い刺身で、日本酒を飲むのが大好きだ。

昔、男ばかりで宮城県の女川(おながわ)に行った。東北新幹線で仙台までは2時間だが、石巻行きの仙石線はディーゼルカーだった。夏休みの頃で、乗客は地元の高校生ばかりだ。大島弓子さんの描いた御茶屋さえ子さん（『バナナブレッドのプディング』）みたいな女子が乗っていた。ショートヘアのメガネをかけた女子が多い。

松島海岸を過ぎるとめっきり乗客も減り、野蒜(のびる)海岸駅あたりでは車両は閑散となる。奥松島の海は青く、養殖筏がいくつも浮かんでいた。石巻駅につくと町はにぎやかで都会だった。女川までタクシーで行った。

女川は細長い町だった。夕方が近いのに市が開かれていて獲れた魚が並んでいる。ひょっとしたら朝のうちにあがった魚ではなく、午後3時頃に帰った船からあがった魚の河岸かもしれない。泊まった宿はまるで座敷牢のようで、閉塞感で息苦しくなった。ただ、ホヤだけは美味だった。カンパネルラ田野畑の「本家旅館」で食したホヤに匹敵する。

　このまま帰京したらあまりに無念だということで、予定を変更して鮎川まで足を伸ばす。牡鹿半島の突端の漁港だから、たぶんうまい魚が食えるに違いないという魂胆である。実際、魚はそこそこ美味だった。

　鮎川からお散歩キブンで、フェリーで金華山に渡った。一般観光客なら金華山神社に行くのだろうが、ボク達はフツーじゃないから、神社とは逆方向の道を男3人で徘徊した。道の左が山で、右は長い草と樹木の急斜面だ。道は舗装されていない。小石がゴロゴロしていて、野生のシカが急斜面のかなり下に見えた。鬱蒼とした感じが途切れて、そこに洋館が出現した。大きな洋館なので、ホテルかと思うくらいだ。芝生にはベンチも置いてある。くたびれたから、芝生のベンチに座っていた。

　洋館から、誰かが我々を見ている。しかも、洋館の部屋の窓のカーテンの影から覗いている。どこかあやしい。3人が皆そう思った。洋館には九輪（くりん）がある。五重塔の先端にあるヤツである。仏教ゆかりの洋館か。いよいよもって、あやしい。

　京極夏彦さんの久遠寺涼子（『姑獲鳥（うぶめ）の夏』）が現れそうな密教の館という雰囲気だ。招かれざる客という視線だけは、全員でしっかり受け止めた。まあ、先方からすれば、ボク達は得体のしれない3名の侵入者である。まして、ことわりもなく敷地内のベンチなどに座る無礼な輩であった。早々に退散した。

あれから、もう20数年が経つが、今もって謎のままだ。

（2007・8・7）

昼飯談義

さよりのつくりで、晩飯を食べた。

立原正秋さんは、さよりにはショウガが合うと書いていた。それ以来、愚直に守っているが、時々、ワサビもほしくなる。ショウガとワサビをミックスすると、これが摩訶不思議な風味となる。美味しいのか不味いのかわからないが、病みつきになった。

今夜は冷えるなあと思ったら、明日は雪だという。だったら明日は鮟鱇鍋にしよう。鮟鱇は寒い日によく似合う。小雪がちらつく宵に、鮟鱇鍋に日本酒は冬の風物詩である。願わくは、トラフグの薄造りも食べたいが、それは贅沢というものだ。

食べ物に、意地汚いのは治らない。東京にいた頃は、お昼ごはんのお楽しみが結構あった。新橋の内幸町にいた頃は、焼き魚の定食屋、ラーメン屋、洋食屋、魚河岸のようなところに行った。

焼き魚定食では、サンマを数多く食した。イワシがその次だ。みな、注文してから焼いていた。ビルの地下のお店だったから、煙がもうもうとしていた。

サンマの煙が目に染みる。「Smoke gets in your eyes」である。後ろで、お客さんが立ち待ちしているので、あわただしく食した。

焼き網でピチピチ、ボウボウ、ボワッと焼くから、出来上がりは真っ黒こげの焼死体のようだ。けれど、身はほんのり焼けていた。内臓もほろ苦く美味だ。辛めのダイコンオロシが病みつきになる。

新橋駅近くには、ふかひれラーメンが千円のお店があった。夜遅く、飲み屋をはしごした後だと、麺を半分で頼むとスープの量が増える。料金は同じだが、麺半分だと、麺が汁を吸わない。そしてまたビールを飲み、ザーサイのお漬物も頼んだ。

東海林さだおさんが「正しいラーメンスープ」の残し方として、「汁は2センチ残せ」と書いていた。そうかもしれないが、ボクはいつも残さずに飲んだ。

「麺半分のふかひれラーメンの注文は賢い食べ方だ」と中国人の料理人がほめてくれた。

入口にニンニクをイッパイぶら下げた、吸血鬼対策のようなサッポロ・ラーメン屋もあった。白味噌のスープで、ニンニクの味が濃く染みていた。スープを飲むと、口中にツンとニンニクの香りが広がる。かぐわしい。

四川飯店は、まだ陳建民センセイがお元気だった。本物の担担麺を作ってもらうと、ジタバタしてしまうほど激辛だった。

ＮＨＫがまだ内幸町にあった頃で、芸能人も来ていた。王府（ワンフー）というお店では、いろいろなつけ汁で中華麺が楽しめた。

子供の頃、親戚の家でスキヤキの最初に入れる脂身だけを食べたら、母親に叱られた。体によくないからだろうが、脂身だけ食すと、えもいわれぬ脂っこさが病みつきになった。胃が丈夫だったのだろう。

お腹をこわして入院してもよい覚悟があれば、一度だけフグの肝をバケツ一杯食したい。あるいは、バケツ一杯の生牡蠣も魅力的だ。

池田彌三郎さんは、「天政」の天ぷらが食いたい、「重箱」のウナギが食いたいと、うわごとのように言いながら亡くなられたという伝説がある。その気持ちがよくわかる。

悲しいことだが、今となるとトンコツ系ラーメンはきつい。ざる蕎麦か、卵とじ蕎麦がちょうどよい。日本酒を飲むなら、天ざるだ。

できることなら、酒は死ぬ直前まで飲み続けたい。はてさて、どうなりますか。

（2008・1・20）

上田知華さんの想い出

昨晩、はやめに酒を飲み終えてしまい、手持無沙汰になった。YouTubeで、上田知華さんを聴こうと検索をすると「追悼」の文字を見つけた。昨年9月に亡くなり、この4月に公表されたようだ。須藤薫さんの時と同じで、1年遅れで知る。

上田知華さんを知ったのは、TBSラジオの『いちご列車』だ。ボクが20代最後の年だ。日曜日の夕方の5時ごろになると、「ああ、明日からまた仕事が始まるなあ」と学生気分を引きずったままだったボクは、すこしユーウツな気持ちでいつもこの番組を聴いていた。

上田知華さんとすぎやまこういちさんがパーソナリティで、クラシック音楽の紹介を兼ねたトーク番組だった。番組では、すぎやまさんが「知華ちゃん」と呼んでいて、その頃デビューしたての高見知佳さんとはあきらかに違うし、どんな女性だろうと想像力を膨らませた。上田さんはまだ東京音楽大学の学生だったと思う。控えめだが、理知的な感じの受け答えだった。

上田知華さんはその後、数々の大ヒット曲をつくる人気作曲家になった。今井美樹さんの『瞳がほほえむから』や『PIECE OF MY WISH』など大ヒットした。後者は、TBSの恋愛ドラマの『あしたがあるから』のテーマ曲だ。

けれど、ボクが好きだったのは、上田知華+KARYOBIN（カリョービン）の時代だ。ストリングスと上田知華さんのピアノ&ボーカルで編成されたピアノ・クインテットだ。バイオリンが二つ、ビオラとチェロの弦楽四重奏は、オーケストラの中で薄められていないぶん、ナマの弦の音がストレートに伝わってくるので、普通少しきつめに感じるものだ。けれど、そんなことはなく心地よいサウンドだった。上田さんは弾き語りがメインだが、リズム楽器がないから、彼女のピアノがリズムも刻んだ。

KARYOBINの頃、一番ヒットしたのは、たぶん三洋電機の扇風機のCM曲だった『パープル・モンスーン』だろう。「昨日よりステキになれるわ」が決めのフレーズだった。番組の相方の大先輩のすぎやまこういちさんがアレンジしている。

いつもの悪い癖で熱烈な大ファンのように書いているが、一度もライブには行っていない。テレビでも、ほとんど見たことがないけれど、NHKの『レッツゴーヤング』での倉田まり子さんとの『さよならレイニー・ステーション』のデュエットは、リアルタイムで見ていた。ロングヘアのよく似合う、やや面長な美人で、ピアニスト・ドレスでピアノも弾いた。

ボクが一番好きなのは、ポーラ化粧品のCM曲になった『秋色化粧』だ。詞、曲、編曲も彼女だ。イージーリスニング風で、ちょっぴり歌謡曲が混じったスローナンバーである。曲の水準は、彼女の作品の中では高いとは言えない。

でもこの曲を聴くと、ああ、夏が終わり、秋になってゆくんだなあとしみじみ感じた。秋のバラードだ。

2番の歌詞の「恋したらいつも その人にすべて 合わせて自分を変えてきた」という恋愛の機微は、彼女の自分語りのように聴こえてならない。

澄んだ声質で、クールなのに仄かな甘さと滑らかさがあった。鼻にかかった、低く囁くような歌いだしが大好きだ。

最近のポップス歌手と較べるとけっして上手とはいえないが、軽くしゃくり上げると、声に伸びがあった。そして失恋ソングだが、ジメジメしないでむしろ爽やかな感傷があった。

「人前で歌うのが死ぬほど苦手だ」と彼女が言っていたのを、どこかで読むか聞いた記憶がある。そういえば、ＫＡＲＹＯＢＩＮの映像はどこにもない。ライブをしていたのに、恥ずかしがりだったのかもしれない。なんかそんな感じの女性に思えてならない。合掌。

今でも『秋色化粧』を聴くと、まわりの風景や空気が仄かに紅葉したようなキブンになる。

（2022・10・11）

ポインセチア

スーパーで小鉢のポインセチアを買う。ここ数年、年末はそうしている。食材と一緒に会計をするとき、レジの女性が「きれいな赤ですね」と、真顔で言う。どう受け答えしたものかとドギマギする。

集合住宅のエレベーターに乗ると、後から乗った見知らぬ女性が「きれいですね、かわいいですね」と話しかけてくる。外交辞令の挨拶のようなものだろうが、思わず口ごもり居たたまれなくなる。やっぱり、女の人は花好きなんだなと今さらながら感心する。

自意識過剰なくらいに恥ずかしいのは、たぶんボクの中で、「花が似合わない男」という確信めいたものがあるからだ。女性と満足に話もできない人間だから、花をプレゼントすることなどなかった。

子供の頃も女子の誕生日会にお呼ばれしたことなどないし、サプライズとか記念日などとは、まったく無縁に生きてきた。格好をつければ超奥手というのだろうが、花束のプレゼントなど、ボクが肩掛けカーディガンにピチピチのズボンで、革靴の素足履きをするのに等しい。石田純一さんならいざ知らず、我ながらキモい。

スーパーでは、よく仏花も買う。切り花は大嫌いで、地植え派だ。樹木は大好きだが、草花となるとほとんど名前も知らない。日持ちする定番の黄色・白・紫の小菊3本や白いユリなどの仏花はよく買うが、申し訳ないけれどあまり好みではない。元来、樹木でも洋花は好きではない。たとえば、同じミズキ科でも国産のヤマボウシは大好きだが、北アメリカ産のハナミズキはあまり好みではない。レンギョウ、花海棠（はなかいどう）、百日紅など中国原産の木は大好きだ。夏に稀な花木のザクロは、情熱的な深い赤でインド産だが大好きだ。してみると、西洋の樹木が不得手なようだ。

昔、銀座の和光の灯がうるんだ寒い宵に、ル・カフェ・ドトールそばの花屋で、初めてポインセチアを買った。それ以来、クリスマスシーズンになると、なぜかポインセチアを買うようになった。どうしてポインセチアならよいのか。我ながら心境の変化は謎だ。

テレビの音声だけを消した夜に、音のない明るいリビングで、ポインセチアの花は色あせ、安っぽく見えた。

そういえば、川上弘美さんのエッセイに、花に見向きもしないで仕事をしていたら、花がカサッと動く話があった。いかにもありそうで怖くなった。思わず振り返って、目を凝らして、テーブルの上のポインセチアをじぃーっと見つめる。

（2021・11・27）

清洲橋

今の地に着任して間もない頃、お世話になったお礼に友人の会社に行った。会社は両国にあった。隅田川のすぐそばに友人の会社の本社はあった。

これが隅田川か。ハエの大群とゴミの山の「夢の島」があった隅田川なのかと、晩秋の光の下、感無量だった。それくらい清らかに流れる川に見えた。90年代には、「夢の島」は野外フェスを開催する公園に変貌していた。「緑の島」になった。

若い頃の堤真一さんや麻実れいさんの芝居を観た小劇場の「ベニサン・ピット」は隅田川の左側にあるが、その時はあまり川は意識しなかった。若き日の小林秀雄大先生は、浅草の吾妻橋からポンポン船に乗って、娼婦に会うために川を上ったという。

最近になって、昔観ていた『男女7人夏物語』を観直した。隅田川を舞台にしたドラマで、『セント・エルモス・ファイアー』に似ていた。

清洲橋をはさんで、右と左に明石家さんまさんのマンションと大竹しのぶさんのアパートがある。まるで昨日のことのようだが、もう30年くらい前のことである。隅田川をＮＹのイースト川に見立てれば、明石家さんまさんの住むマンションは、マンハッタン側に位置することになる。

友人の会社の用事が早く済んだので、芭蕉が参禅したというお寺の近くのソバ屋で煮込みソバを食した。さして美味ではなかった。この時はまだ嵐山光三郎さんの『芭蕉紀行』（新潮文庫）は出版されていない。もし読んでいたら、芭蕉庵や万年橋を訪ねていた。

清澄庭園の入口には、覆いかぶさるように聳え立つハナキササゲの大樹があった。かなりの年代物である。しばし、じぃっと見上げた。葉の形が、おおきな手のひらのようだ。

モチノキやマユミの実が楽しい季節だった。紅葉はモミジとイチョウが美しい。池には中の島がいくつかあり、池がある。ベンチがあり、池のぐるりには松の低木が多い。池には中の島がいくつかあり、磯渡りという飛び石を伝って中の島へ渡れる。水鳥で賑やかだが、この池のあたりで「古池や」の句が詠まれたという説がある。

今は澄んだ庭園の池だが、『芭蕉紀行』によれば、芭蕉の頃はこのあたりは沼だったようだ。人間の死骸さえ浮いているような沼という田中優子先生説まであるらしい。ほんまかいな。一体どんな「古池」だったのだろう。

内田百閒（ひゃっけん）さん（『俳諧随筆』）は、芭蕉の「古池」は〝晴れでも曇りでもどうもピンとこない。「古池」自体がイメージが曖昧で妙なものだから、マジメに考えると笑ってしまう〟と書いている。これも屈折した読み方だ。

秋の傾いた陽光を浴びて、池の色あせたススキの穂が黄金色に輝く。

（2015・11・19）

はじめての料亭

「築地の料亭に行こうよ」と友人が誘う。「木枯らしの吹く季節のフグはうまい」と友人はそのかす。フム、高級料亭は生まれて初めてだ。とりあえず、なめられてはイカンということで、押し出しのよい友人は産婦人科の若先生、くたびれた背広で長髪だったボクは新聞記者という役柄にする。

友人とはその前に、千歳船橋の森繁通りの居酒屋で、何回かサンマの塩焼きなどで日本酒を飲んだ。炭火七輪で焼いた絶妙な生サンマの塩焼きは半生に思え、ボクはいつも焼き過ぎを頼んだ。無粋な客ですまないと、心の中でご主人に詫びた。

森繁通りの住人だった友人は、どこから聞くのか知らないが、千歳船橋の飲食店の裏話にやたらと詳しい。千歳船橋の反対側にある刺身のおいしい割烹の主人は、若い頃この居酒屋に転がり込んでいたとか、よく行く千歳通りの喫茶店の店主で、夜は高円寺駅前のスナックの女主人は未亡人だとか教えてくれた。なんだかみんな、いろいろたいへんなのだ。

初冬の宵、ボクらは友人が手配したハイヤーで数寄屋造りの築地の料亭に行った。床の間に掛け軸のある大きな部屋に通された。横山大観らしい。八寸というのだろうか。ままかりがとても美味だった。ままかりはお役人の評価の高い政策通の大臣が大好物だと友人がのたまう。おいおい、あなたは何者なのか。第一、それじゃあ、あなたが新聞記者になってしまう。

いつも食すフグ刺しの4倍はある大皿の薄造りを食す。

1カ月の給料分の会計をして、上がり框で靴をはく。外に出るとまんまるの満月だった。おぼろ月ではなく、冬の凍てついた月だ。

友人と別れ、1人で晴海通りを歩きながら、美味しかったのか、それほどでもなかったのか、ボクにはよく分からなかったなと思う。

銀座4丁目の交差点まで歩いて、三愛のところでどうしようか、少しだけ逡巡する。いつものようにサンミゲルのビールでも飲んでリラックスしようと、西新橋のサントリーバーへ向かう。

ままかりの味が、ほんのかすかに口中に残っている。

ひゅうっと木枯らしが銀座通りを吹き抜け、ボクは満月を仰いだ。

（2021・4・30）

大林宣彦監督を偲ぶ

大林宣彦監督が、亡くなられた。

ボクにとっては、CMディレクターであり、8ミリ、16ミリの自主制作映画の監督といった印象がずっと続いていた。当初は、実験的なアマチュア映像作家ではあるが、映画監督としては認めない、あるいは認めたくないというスタンスだった。感傷的で、叙情的な映像は、若かったボクには気恥ずかしく、そんな作風を忌み嫌った。今思うと、近親憎悪のようなものだったのかもしれない。三島由紀夫さんは、太宰治さんの目の前で「僕は太宰さんの文学は、きらいなんです」と言ったという。だいぶ次元が違うが、文学を映画に置き換えると、同じことがボクの大林作品への心情にも言えるかもしれない。

初老に近づいた頃、いつしか『さびしんぼう』が好きになっていた。それも、繰り返し繰り返しDVDで何度も観た。

この映画は、松田聖子さんの『カリブ・愛のシンフォニー』と2本立てで、リアルタイムで観ていた。主人公の尾美としのりさんは、大林監督にとって、フランソワ・トリュフォーにとってのジャン＝ピエール・レオのような存在だった。今も当時の面影を残しながら、『鬼平犯科帳』のお調子者で女好きのお気楽同心のウサギの忠吾、『集団左遷！』の福山雅治さんの同期の梅ちゃん、『まだ結婚できない男』のキャバ嬢へのプレゼントを欠かさない、阿部寛さんの友人で、妹の旦那さんでもある院長役など、どれも適役だった。

ヒロイン役の富田靖子さんも、『受験のシンデレラ』の男運の悪い浪費癖の母親役や、『逃げるは恥だが役に立つ』でも新垣結衣さんの母親など、立派なバイプレーヤーになった。

尾美さんは気弱で善良な役、富田さんはどちらかというと、毒親のような癖のある汚れ役が多くなった。

『さびしんぼう』の開巻の、一眼レフのファインダーから覗くセピア色の風景は、大林監督の原点である。尾道と言えば、やはり小津安二郎監督の『東京物語』である。先ほどの『まだ結婚できない男』では、阿部寛さんの主人公が、「老夫婦が東京の息子たちの家を訪ねるんだが、邪魔にされ、たらい回しにされたあげく、ばあさんが死ぬ話」だとザックリ説明している。本質は外してないし、間違ってはいない。実際、そういう辛(から)い話で、老夫婦は尾道の住人だった。

『さびしんぼう』の前半は悪ふざけが過ぎるが、昔の高校生の悪ガキは皆あんな感じの躍動感だけがあった。いたずらが過ぎて自宅謹慎が言い渡された主人公の尾美としのりさんは、西願寺下の四つ角で、自転車のチェーンの外れたヒロインに出くわす。それから、川沿いの道を2人並んで歩いて、桟橋からフェリーに乗る。フェリーのシーンがスクリーンプロセスなのは、ＤＶＤでないと気がつかないかもしれない。

その前の場面の尾道の中央商店街で、偶然、自転車に乗ったヒロインを見つけて追いかけていくシーンは、フォトジェニックで、流れるような映像だった。

フィリップ・ド・ブロカ監督の『ピストン野郎』の、雨だれが流れる電話ボックスのカトリーヌ・ドヌーブの神々しいほどの美しさを思い出した。

雨の西願寺の石段の下の方で、舞台衣装のオーバーオールの少女時代の母の分身である、さびしんぼうを抱きしめるラスト近くのシーンはせつない。さびしんぼうの白塗りメイクのアイラインが、雨に溶けて黒い涙になって流れていく。ひょっとしたら、少女時代の母の念願は叶ったのかもしれない。

富田靖子さんは表情が生き生きとしていた。富田さんは映画『アイコ十六歳』で、12万7千人の応募者から主役に選ばれた人だ。考えてみると、富田さんは1人4役である。ヒロイン、少女時代の母の分身のさびしんぼう、大人になって結婚したヒロインに似た人、そばで『別れの曲』を弾いている娘らしき役柄である。

右側の顔がファインダーから覗いたヒロインの美化された顔なら、主人公には見られたくない左側の顔は現実の顔ということか。そう考えると、ラスト近くの結婚したヒロインに似た妻は、左側から見た顔だった。ということは、夢は実現したのか。

だから、ヒロインにプレゼントしたオルゴールがそこに置いてあって、そのアップをラストシーンにしたのかもしれない。でも、誰もそんな見方はしていないようだ。まあ、ファンタジーだから、無用な詮索だ。

ボクは、さびしんぼうのメイクを落とした富田靖子さんが、オーバーオールを着て、シンセポップの『さびしんぼう』を歌う映画公開時のエンディングが大好きだった。夕焼けの尾道水道をフェリーが滑らかに走っていく。

年をとって、弱ってこられたのかもしれないが、晩年の黒沢明監督は小津作品ばかりを観ていたという。

こちらは凡人だが、大林作品に惹かれるようになったのは、きっとその気分に近いような気がする。願わくは、石との対話だけは避けたい。それをすると、お迎えが近そうだから。

（2020・4・20）

さくらもち

一昨日、スーパーに行くとき、近回りをするために県営住宅の広い庭を突っ切ると、走り咲きの桜が枝を広げていた。ボクだけの一人開花宣言を出して、ああ、今年もまた桜の季節になってしまったなと感慨をあらたにする。最近は、桜が開花する前の季節が好きになった。

「萌えいづる春」である。ふたたび春を迎えられたという思いが、ちょっとだけせつない気持ちを連れてくる。

食べ物に意地汚いボクには、お楽しみがイッパイだ。城下かれいの刺身、そら豆の殻ごと焼いたもの、筍の穂先焼き、たらのめやこごみの天ぷら、メバルの煮つけなど美味しいものばかりだ。

最近になって、甘いものに開眼した。体が甘いものを欲しているのかもしれない。

生活習慣病の心配は全くないが、一応用心して、甘さ控えめで生きてきた。まあ、左利きが度を越して、アルコール依存症時代が長かったので、甘いものには縁がなかったわけである。

子供の頃はケーキなどよりも、練り切りやさくらもちが好きだった。かしわもちはどうしてあんなに野暮ったい厚い皮なのか。葉っぱも暑苦しく、美しくないなあと勝手に思っていた。

ボクの大好きなさくらもちは、長命寺桜もちだったのを最近になって知る。インターネットはこういうときに、便利なものだと心より思う。

「しめった土と桜の葉の匂いが強くする。それはまさに桜もちの匂いだ」と書いたのは、江國香織さんだった。そっか、本来は土手の桜の葉を塩漬けしたものだから、そうかもしれない。

今年こそ、季節が持つフワフワ感にどっぷりと浸り、さくらもちを食しつつ、子供の頃のおぼろげな春の暮らしに戻りたい。退屈だったけれど、贅沢な時間だった。

でも、やっぱり昭和は遠くて、今晩はほろ苦い菜の花のおひたしでも食し、遠い昔の春を想うよすがにしよう。


（2016・3・22）

アトムシール

昔々、マーブルチョコレートという明治製菓のチョコ菓子があった。

子役だった上原ゆかりさんがCM出演をしていた。上原ゆかりさんは「マーブルちゃん」として、小学生になるか、ならない頃から、少し大きくなる頃まで出演していたと思う。

「マーブル、マーブル、マーブル、マーブル、マーブルチョコレート」というCMソングは、今も覚えている。かなりの早口だ。

ふたを開けると、おはじきの形の7色の原色の変わり玉が、いきおいよく筒のパッケージの中からこぼれ出た。マーブルチョコの筒の中に入っていたキャラクターステッカーのアトムシールを夢中になって集め、セルロイドの下敷きに貼った。今の時代なら、スマホに貼っていたかもしれない。

今思い返すと、ずっと後ではやったルーズソックスを想起させる、子供心にもエッチなキブンを抱いた足首太めのウランちゃんは、魅力的だった。

アトムシールのキャラクターは、圧倒的にアトムが多かった。飛んでいたり、鉄アレイを持ち上げたりしていた。若ハゲのヒゲオヤジやウランちゃんも少なくない。ピストルを持った田鷲警部のシールはたった一度だけだが、目にした。

マーブルチョコレートは何度か復刻されたが、印象深いのは『ＡＬＷＡＹＳ 三丁目の夕日'64』が公開されたときだ。キャンペーン商品として復刻版『鉄腕アトムマーブルチョコレート』がセブンイレブン限定で発売された。アトムシールを集めた年代は、『三丁目の夕日』の子供達とほぼ同世代である。ボクは「何を今さら」と、白けた気分になった。

だが、当時のボクは、なぜか田鷲警部のシール獲得に夢中だった。なんども田鷲警部のシール獲得目的でマーブルチョコを買ったけれど、とうとうゲットできないままだった。無念だった。はじめて、挫折を意識した時かもしれない。

昭和は遠くなりにけりである。

あの頃、アトムシールに夢中になった世代は今や、みな年金生活者である。

（２０２１・４・26）

マスクの想い出

ちまたには、マスク姿が溢れている。

正体不明のとんでもない疾病のコロナがはびこっているので当然だ。薬局からは花粉真っ盛りなのに、花粉用のマスクも消えた。買い占める人がいるのだろう。気持ちはわかるが、人として美しくない。

ボクは、烏天狗型のマスクが大嫌いだ。衛生学上は、工夫を凝らしているのだろうし、呼吸も楽になっているようだ。でも嫌いだ。

木綿の昔ながらのマスクが好きである。それも真新しいのではなくて、何度も洗濯してくたびれたのが好きだ。昔々の給食当番がするような真っ白いマスクが、今も好きである。

当時、通っていた中学校の隣が神社だった。神社が落ち葉を敷きつめる頃、木枯らしが吹くと、ズボンのポケットからくたくたになったマスクを出した。日向の匂いがして、人恋しいような気持ちになった。そう、ボクにとって、マスクは寒さ対策であり、コンプレックスを覆い隠すことでもあった。

歯並びが際立って悪い。前歯2本がニョッキリと出ていた。子供の頃は気にしなかったけど、色気づいた中学生になると、女子からよくからかわれた。人の欠点に子供はとても残酷で、容赦ない。「スイカを食べる時、便利でしょ」とか、休み時間にわざわざ隣のクラスから、女子の2人連れが越境してやってきて、からかわれた。男子ならぶん殴ってやるのだが、「うるせーなぁ」くらいしか言い返せない。

そんなコンプレックスからだろう。サザンカが咲き、冷たい風が吹く頃になるとよくマスクをした。マスクは鼻にかけるものだけど、ボクは鼻を出していた。今、化粧しない女子がよくマスクをするらしいが、それと似た心境かもしれない。

寒い夜、居間で、マスクを下ろして、あったかい紅茶をよく飲んだ。

昨日、久しぶりにくたくたになったウイルス通しまくりの、真っ白いマスクをした。やっぱり、日向の匂いがした。

真っ白くて、くたびれたマスクは、かすかに寝臭いような匂いと遠い昔の忘れていた想い出を連れてきた。歯並びの悪さは治っていないが、いつの頃からか、それも個性だと思うようになった。

（2020・2・29）

アイラブユー

引っ越しをした。

年がいくと、引っ越しは本当に疲れる。その他、残務整理もあれこれあり、疲労困憊である。もう二度と、引っ越しなどするものか。するとしたら、施設のお世話になるときだ。

仕事部屋へ通うルートが変わったので、今までと違ういろいろな花や樹木が見られる。これからの毎日のお楽しみだ。今なら満天星(どうだん)やツツジ、コデマリの花やケヤキとクス、エノキの緑が美しい。その分ハナミズキなど、うっかり花期を見逃して若葉を楽しんでいる。どちらかというと、洋花はさほど好きではないから、まっ、いっか。

集合住宅の9階なので、陽当たりだけはよい。せっせと洗濯をして、何でもかでも、お日様に干している。よく乾く。

夜景もホテルの最上階のスカイバーからのようにきれいに見えるが、今夜は月が見えない。ライトアップされた城は12時まで見られる。

アイ・ラブ・ユーの日本語訳について、日本人は「愛してる」などとは言わない。「月が綺麗ですね」とでもしておきなさいと言ったのは、夏目漱石センセイだった。

昔々、リトル・ペギー・マーチの『アイ・ウィル・フォロー・ヒム』という全米No.1の大ヒット曲があった。実は、その原曲はフランス人と結婚していたペトゥラ・クラークが歌った『シャリオ』というフレンチ・ポップスである。ペトゥラ・クラークのフレンチ・ポップスの日本語バージョンのザ・ピーナッツの『愛のシャリオ』がとても好きだった。

「I LOVE YOU I LOVE YOU I LOVE YOU
あなただけが好きよ、好きよ
心から　好きよ、好きよ」

（『愛のシャリオ』、水島哲作詞）

何度も何度も、アイラブ ユーを連呼する詞だった。さすが、漱石センセイは偉かったと妙なところで感心する。世代によって違いはあるだろうが、ボクの時代の日本人には、「好き」とは言えても、「愛してる」と言葉にするのはかなり高いハードルだった。
川上弘美さんの『センセイの鞄』に、離れた場所にいるセンセイに向かって、川沿いの道を歩きながら、「月に向かって話しかけるような気分で、話しかけつづける」という文章があった。「アイラブ ユー」の言い換えのようなものだが、せつなくて心地よいキブンになった。
文庫本のあとがきで、亡くなられた哲学者の木田元先生が一番、好きなくだりだと書いていた。
川上弘美さんは、『ゆっくりさよならをとなえる』とか、こういう微妙な情感を表現するのが実にうまい。絶妙である。

引っ越しで消耗したし、ＤＶＤはすべて捨ててしまったので、夜は『田園発 港行き自転車』を読んでいる。宮本輝さんは、ひょっとしたら『青が散る』以来の読書かもしれない。行ったこともないのに、富山の田園風景や黒部川にかかる赤い橋の絵が浮かぶ。まだ半分弱だが、傑作かもしれない。

日本酒を飲みながら読みたいが、休肝日だからお預けだ。ツーコンの極みだ。

（２０１９・４・22）

『たんぽぽのお酒』

メグ・ライアンが湯たんぽを抱き抱えたＣＭがあった。「のほほん茶」のＣＭだった。メグが「何デスカ？」と問い、おばちゃんが「湯たんぽでっせ」と説明すると、メグは「湯・たんぽぽ」と聞き間違って、「ホット・タンポポ」と言う。

「のほほん茶」の原材料には、大麦、はとむぎの他に、たんぽぽも入っているようだ。どうせなら語呂合わせだけでなく、サントリーだから「たんぽぽのお酒」を造ればよいのにと思った。黄金(こがね)色(いろ)のたんぽぽの花を摘んで、夏をつかまえて造るのが小説『たんぽぽのお酒』だ。

夏のエキスを一口、口に含むと、あの夏の日がよみがえる。少し前に、ブラッドベリの『たんぽぽのお酒』（'71晶文社）を再読した。けれど、初読の感動は、もうなかった。

「ははそはのははもそのこも
はるののにあそぶあそびを
ふたたびはせず」

（「いにしへの日は」、三好達治）

この美しいひらがな言葉の詩は、三好達治さんの「いにしへの日は」（『花筺（はながたみ）』、実業之日本社）である。

遠い昔に母も子も、春の野の赤いレンゲ摘みをした。今もやってみたいが、遠い日の想い出は蘇らない。だから、もうレンゲ摘みはしないという意味だろう。実は「いにしへの日は」の初読の時、まだ若かったボクは「ふたたびはせず」なんて素直じゃないなあと思った。時を経ても、もう一度レンゲ摘みをすればきっと楽しいはずだ。

けれど、人並みに世のシガラミなどを経験してから、気持ちは子供の時とそんなに変わらなくても、素敵な時間の無駄遣いはもう二度と戻ってこないと思うようになった。

通り過ぎた夏に読んだ『たんぽぽのお酒』も同じだ。感覚も年をとるのである。過ぎた日の想い出は、時にゴーヤのように苦い。仕方のないことだが、やっぱり、年を重ねるのはせつない。でも、せつないのは今、元気でいる証しであり、幾分心地よい感傷でもある。

持って生まれた気質は終生変わらないというけれど、少しずつ人間は変わっていく。年をとるということはそういうことだと、最近になってシミジミ痛感する。

負け惜しみかもしれないが、それを楽しんで過ごす余生も案外、捨てたものじゃない。

（2008・10・18）

ブリッコの考察

声優補正という言葉が、あるらしい。

まあ、声だけ聞けば「萌え」だが、よく見たら、ビジュアル的にはイマイチが代表例である。ボク的にはもっと範囲が広くて、性格ブスも含まれると理解している。実際、女子アナという職業は実像よりも、みんな可愛く見える。

昔々、デパートや野球場には、ウグイス嬢なる姿かたちの見えない声美人がいて、場内アナウンスをしていた。

声美人かどうかはわからないけれど、アストラット・ジルベルトやクロディーヌ・ロンジェのウィスパーボイスが好きだった。甘く繊細で、切れ切れで、ささやくような声質で、世のバカ男どもはたいていこれにやられた。おめでたい男のさがだが、「私も(ミートゥ)」である。

甘い声では伊東ゆかりさんの音色が好きだった。アルトである。竹内まりやさんがすこし似ているが、竹内さんの方が硬質な音色である。

女性の評判がよいかは別だが、菊池桃子さんの、息がどこからか漏れたような声が好きだ。丁寧語で、ゆっくりと鼻詰まり風にしゃべる。

いつも目から鼻先にかけてニコニコと笑っているが、口は大きく開けない。テンションも上げずに、感情の起伏はあらわにしない。

そして、ここがポイントになるが、「なんとかで『す』」という感じでしゃべる。つまり、舌足らずに、「さ」行はしごくあいまい且つ滑舌悪く、センテンスの語尾の「す」だけを強調する。そこが可愛い。

デビュー作の『青春のいじわる』当時から、あまりダイエットしていない感じで、ふっくらしていた。同世代だと、ともに卒業ソングがヒットしたことから、斉藤由貴さんと人気が拮抗していたらしい。美しいけれど、すこしヌメッとした斉藤さんはやや苦手だった。当時すでに、どこかオバさんぽかった菊池さんが、ボクは好きだった。


菊池桃子さんのシティポップなヒット曲は、林哲司さんが独占していて、お洒落なメロディラインは時代を先取りしていた。けれど菊池桃子的ワールドを楽譜に表現したのは、オリジナル曲は一曲も書いていないが、尾崎亜美さんだと思う。乙女チック路線でありつつ、物語性を持たせた詞の展開で、少女マンガ的な絵がパッと眼前にひろがる。

あまり売れなかったけれど、志村香さんの『曇り、のち晴れ』など傑作だと思う。考えてみれば、70年代から80年代にかけて、デパートの屋上での「歌とサイン会」が賑やかな時代は、ヨレヨレになりながら、どうにかリーマン人生を歩んでいた。

菊池桃子さんの路線は、同性からはイラッとするとか、痛いとか言われそうな気もする。ボクは天然ブリッコの菊池桃子さんは大好きだが、演技派ブリッコの松田聖子さんは大嫌いを貫いた。今だから言えるが、じつは「隠れ」だった。

この「隠れ」という、あまり「人に知られたくないが、実は好き」なアイドルは、結構多い。この年令になれば、恥も外聞もないはずだが、いまだ大好きとは堂々と言えない人もいる。

そういう意味では、最近のアイドルはごくごく一部の人を除いて、ブリッコ的情感に訴えるものが乏しい。ボクの感覚の老化もあるだろうが、時代がブリッコを求めていないのだろう。

けれど、肉食系女子というのは、狙った獲物は絶対に逃さない感じで、殺伐としていて好きではない。草食系男子とセットなのだろうが、バブルの残り香が漂う「ジュリアナ東京」のダンス・ミュージックの音と光のシャワーを浴びたお立ち台のワンレン・ボディコンで、ジュリ扇を振る女子を思い出す。あな、恐ろしい。

（2015・9・11）

雨の石畳

朝、芝の増上寺を横目で見ながら、小雨の道を歩く。

子供の頃から今にいたるまで、闇のお寺は、なべて不気味だ。よい年をして恥ずかしいのだが、こ、怖い。夜中にタクシーの窓から見るだけでも、築地本願寺は際立って怖い。

増上寺はなぜかあまり怖さを感じない。木々の背後の東京タワーも美しい。早朝のせいもあるが、どこか開放的な感じがする。夜でも大丈夫かも知れない。

慶應大学の西門に行くつもりが、見知らぬ大通りに出てしまった。街路樹の百日紅が、「そろそろ終わりですよ」というように咲く。西門を探しながら、百日紅の花に話しかけるようにゆるゆると歩く。

角を曲がって、ああ、今年は百日紅の花をあまり見なかったけれど、街路樹の百日紅というのはまた格別だなと思う。今年の夏も、もうすぐ終わってしまう。なんとなく樹木の葉が、秋の装いを告げているような気がする。

のどかに歩みをゆるめていると、突然、バケツをひっくり返したような雨が降りだす。叩きつけるような雨で、傘をさしてもだいぶ濡れてしまった。予定では三井倶楽部やイタリア大使館に向かう綱坂（つなざか）を上るつもりだった。なぜか慶應女子高校に出てしまった。いつものことだが適当だなあと嘆きつつ、内心の動揺を落ち着かせた。

ひっそりとした道を行くと、ああ、あった。ここが、慶應大学の西門か。狭い石畳の坂を上る。雨に濡れた舗石を見ながら、まっすぐに坂を上ると、学問の庭が広がった。こういう道を毎日歩いて、なにがしかを考えていれば、もうすこしましな人間になれたかもしれない。思えば、哲学とは掠（かす）りもしないで生きてきた。ニーチェにかぶれた高名な哲学者たちは、みなろくな死に方をしない。けれど、『草枕』の冒頭文のように、坂道を登りながら芸術や人生について、少しはマジメに考えていれば、何気ない毎日に彩りを灯していたに違いない。

でも、少し間抜けなマンガのような毎日だけど、「まだまだだよな」と思えるのは生きている歓びみたいで、結構、楽しい。帰りに桜田通りの交差点近くに「ラーメン次郎　三田本店」を見つけた。ものすごい食欲が沸き起こるが、あとで堪（こた）えそうだからじっと我慢した。とても悲しい。

今年の秋は、少し長めだとよいなあ。

（2015・9・9）

年の差恋愛はありか？

「どっちみち
百年たてば
誰もいない
あたしもあなたも
あのひとも」

さて、誰の詩でしょう？

人生百年時代と言うけれど、まあ百年たてば「そして誰もいなくなった」になる。

虚無的な詩を含みにして、年の差ラブ・ロマンスのミステリ映画について考えた。パット・オコナー監督は、大のゴヒイキ監督である。

現在のところ、『ひと月の夏』が最高傑作だろう。原作のJ・L・カーの『ひと月の夏』（小野寺健訳、白水社）は、繊細な筆致で綴られた上質な小説だ。

主人公（コリン・ファース）は、イングランドのヨークシャー州の教会の壁画復元の仕事をしている。美しい田園風景や人との出会いの中で、戦争がもたらした心の傷がだんだんと癒されていく。そんなひと夏の追憶を描いた小品だ。

ボクは映画先行で観た。映画では、壁画の中に別の描き手の地獄絵図を見つけたり、知り合いになった戦争の悪夢を引きずっている考古学者が死体を掘り当てたりで、なかなかミステリアスでもあった。

ニューイヤーズ・イヴのニューヨークを描いた同監督の『乙女座殺人事件』も好きだ。前者の方がメジャーだと思うので、娯楽映画の後者を採り上げる。

『乙女座殺人事件』は、ロマンティック・コメディ調のミステリ映画である。主人公は、汚職の罪を着せられ、警察官から消防士になったケヴィン・クラインである。ヒロインは、市長の娘のメアリー・エリザベス・マストラントニオだ。

この2人が、ウィリアム・パウエル、マーナ・ロイ共演の『影なき男』（ダシール・ハメット原作）のようにアベック探偵（今や死語）になる。『影なき男』はおしどり夫婦（これまた死語）だが、こちらは恋人という違いだけだ。

カップル探偵の場合は、大体、女性が事件に興味津々で、男はしぶしぶというのが相場で、その方が面白い。

この映画も、その意味では定石通りである。ケヴィン・クラインはオウムと黒猫がペットで、趣味はなんと料理である。エスプレッソ中毒でもある。

さて、問題のシークエンスについてである。

根雪の残ったニューヨークの道を歩いて、ケヴィン・クラインは一人、スケートリンクに行く。脱線だが、「Winter Wonderland」がこの頃の外国映画ではよく使われている。70年以上昔の曲だけれど、古くならない。作曲したフェリックス・バーナードは時代をかなり先取りしていた。

スケートリンクで、ケヴィンはメアリー・エリザベス・マストラントニオに出会う。初対面だ。すぐさまメアリーを口説いて、速攻のベッドインである。手が早い。チャラ男と言われようと、この手のコミュニケーションをスマートにできる人は、心底うらやましい。

ケヴィンはおもむろにメアリーに聞く。

「きみ、いくつ」

メアリーが23才と答える。40男のケヴィンがうろたえ、ガックリきたときは笑ってしまった。ザマーミロである。その次のメアリーのセリフが聞きようによっては皮肉が効いていて、意味深だ。

「100年後には、みんな死ぬわ」

そういうのはありなんだ。だったら、ボクは生き方を間違えたかもしれない。でも、そううまく運ぶわけがない。

さて、冒頭の詩は「無題」というタイトルだ。江國香織さんの詩である。『すみれの花の砂糖づけ』（新潮文庫）という詩集からの引用である。正しい読み方をしているかどうかはわからないが、江國さんには、『すいかの匂い』のような残酷な怖さもあるけれど、「結婚が幸せの始まり」のように考える古風な面も感じて、そこも好きである。

もったいをつけたが、それだけのことだ。

（2011・11・11）

こんにちは　またあした

のうぜんかつらの橙色の花を写真ブログで知った。樹木にはうるさいつもりだが、つる系の樹木にはめっぽう弱い。

安藤裕子さんの『のうぜんかつら』なら、よく知っている。「月桂冠 月」のCMソングだった。すこし掠(かす)れた裏声を混ぜたウィスパリング・ボイスが心地よく途切れ、堪らなく素敵だ。

それまでのお酒のCMの代表曲といえば、西田佐知子さんの『初めての街で』だった。ご存知、菊正宗のCMソングだが、永六輔作詞、中村八大作曲の作品である。

この曲は6コーラスまである。「菊正宗」に該当する部分の歌詞は、「ひとりぼっち」から始まり、「みたりする」「なじみの客」「逢おうじゃないか」「まぁ、いいさ」そして「ひとりじゃない」で終わるのが、オリジナル曲である。最後の「ひとりじゃない」を「菊正宗」に変えたのだ。

最近の月桂冠のCMは見ていないのだが、記憶にある「月桂冠 月」のCMは、近来稀に見る秀作揃いだった。もう伝説化しているけど、少し別な視点から見ても面白い。

ボクのような年令になると、ちょっと、くすぐったくなってしまうが、キャプションの「わたしの趣味は、あなたです」とか、結構、気障なことを臆面も無くやってのけるのがすごいところだ。

このキャプションの場面では、ほとんどの人は気づかないだろうが、微妙にカーテンが揺れている。細かいところでも凝っているなあと唸ってしまった。

永作博美さんと李鐘浩さんが夫婦である。夫婦間の微妙なズレを、「夫婦は、ズレてて、いいんじゃない」というセリフもなかなかお洒落だ。永作博美さんのかわいらしさで、もっているのかもしれない。永作さんはライティングの加減で、つまらない顔に見えたり、かわいらしく見えたりする。そこが魅力だ。

別な視点で見たのは、食べ物である。

金目鯛の塩焼き、アサリの酒蒸し、ゴーグルを付けての玉ネギのみじん切り、おでんなど、永作博美さんの台所仕事が見所になっている。エロオヤジ的視点なら、彼女のなま足である。ことほどさように見所満載である。

もう一つの視点は画面構成が巧みなところだ。

宇宙から地球を眺めるコトリンゴさん版の開巻では、「ｔｕ、ｔｕ、ｔｕ」と彼女が囁く。ＣＭの終わりは、薄暮の鉄塔に半月が浮かんでいるところへ、音楽は「またあした」が被さり、「きみの笑顔に、帰還します」とクレジットされる。

あるいは安藤裕子さん版の開巻で、赤い風船を夫婦が見て、夫は金魚すくいに向かい、妻はといえば金目鯛を焼く。男と女の意識のすれ違いを描いたような凝った物語展開もある。その後で、「夫婦はズレてて、いいんじゃない」というのは、ＣＭとしては前衛的である。

安藤裕子さんの『のうぜんかつら』のあとの、コトリンゴさんの『こんにちは　またあした』も、女子らしい歌だ。

「こんにちは」「さようなら」「おやすみ」「またあした」という美しいひらがな言葉を、ピアノの音と音の合間に乗せたような旋律だった。これも、なんだか人生を感じてよかった。

はてさて、今の月桂冠のＣＭはどうなっているのだろう。

（２００８・８・23）

どこかで犬が吠えている夜に

ターサイといい、紅菜苔（こうさいたい）といい、ボクが名前の知らない野菜が増えている。ターサイ炒めは、ニンニクをひとかけ入れ、シイタケやベーコンなどと炒めるとなかなかおいしい。ラディッシュやズッキーニなど洋風が溢れる中で、泥のついたゴボウなど見るとホッとする。ゴボウはなんとも野暮ったいが、味に深い奥行きを与える稀有な野菜である。中国渡来だそうだ。カキの土手鍋には欠かせない。ゴボ天うどんのうまさはこの地（熊本）に来て知った。笹の葉のように切るササガキは、形状が美しい。

遠い昔、「土のついたゴボウのような女性が好きだ」と思った。そう言ったら、才色兼備の女性からは、「だから、あなたは女が分からないのよ」と罵倒された。一緒にいた男友だちは、我が意を得たりとばかりに、「それはオレがずっと言いたかったことだ」などと同調する。

言うまでもないが、土のついたというのは、「素朴で、自然体」という褒め言葉のつもりだ。それが好きでどこが悪いのか。思い出したら、腹が立ってきた。

ボクは、香りと苦味を賞味する「ふきみそ」や、落果したては悪臭を放つギンナン、ほろ苦くも爽やかなハッサクをこよなく愛する。すこしアクの強い、癖のある食べ物が好きみたいだ。

ひねくれた性格を反映しているのかもしれない。

「はかなしごと」に心動くのが、男の美学だと心得ている。

どこかで犬が吠えている夜に、「偏屈で悪かったな」と心ひそかに呟（つぶや）いてみる。

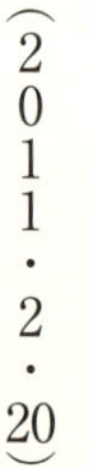
（2011・2・20）

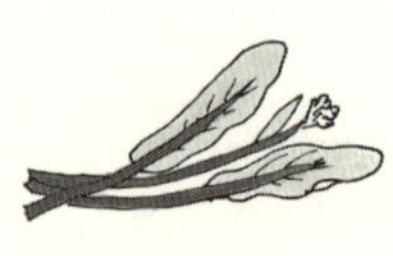

もう初夏ですね

映画『グーグーだって猫である』を観て、吉祥寺界隈の様変わりに愕然とする。あんなの絶対に井の頭公園じゃないと、自分に言い聞かせる。お洒落タウンの吉祥寺になって久しい。

もともと、その素地はあったが、吉祥寺南口といえば、オデヲン座といぶった焼き鳥の匂いのする「いせや」の時代に、ほぼ毎週出掛けた。井の頭公園は、杉並区の小学校の低学年の時にみんなで遠足に行き、「お絵かき」をした。写生会だった。

当時の面影が残っているのは、公園の雑木と池の木の柵と池のほとりの井の頭弁財天くらいか。池の先に聳えるマンションには、70年代後半には、大島弓子センセイの仕事部屋があったはずだ。自然文化園には、ほとんど縁がない。

暗闇のベンチでイチャイチャしているカップルを見て、ここでのデートはいずれ破局するという言い伝えを信じ、「お気の毒に。でも、ザマーミロ」などと、心ひそかに思った。

見る影もなくなった吉祥寺ショックもあって、めずらしく2日連続で飲んでしまった。めっきり、初夏らしくなった。

江國香織さんから聞いた（じかに習ったわけではない）、めずらしく気に入っているUB40の『レッド・レッド・ワイン』を聴きながら、ビールの中缶2本を飲んだ。あっという間に酔ってしまった。赤ワインを飲んで、失恋の憂さ晴らしをしようという歌詞である。

『レッド・レッド・ワイン』を聴くと、まったりとして、何もしたくなくなる。江國さんによれば、この曲を聴いて「昼間に自分の家で飲む赤ワインは、なんだか駄菓子の味がする」そうだ。ならば、『レッド・レッド・ワイン』を聴きながら、昼間から自宅で飲むビールは、少しポップコーンの味がした。ポップコーンと相性がいいドリンクといえば、それはコーラしかない。ホットチョコレート説もあるが、初夏にはあまり馴染まない。

だったら、ポップコーンを食し、コーラを飲めば、ビールを飲むキブンを味わうことができるかといえば、そんなわけはない。第一、コーラでは酔わない。

江國さんの短編小説の『デューク』では、ヒロインが夜中に目が覚めて起き出すと、消したはずのテレビがついていて、居間で犬が落語を見ている場面があった。

深夜の居間に猫がちょこんとすわって、『レッド・レッド・ワイン』のCDを聴いていたら、おもしろいだろうなと、酔った頭で思う。『デューク』は、クリスマスが近い夜の銀座の街で、ヒロインが横断歩道の信号のところで、クリスマスソングを聞くところで終わる。いったい何の曲だったのだろう。ずっと気になっている。

（2009・5・12）

タコの気持ち

昨日は3日に1度の飲酒日で、タコ刺しを食しながらふと思い出した。

タコはニューロンの数が多く、海の賢者だという説がある。そういえば、「タコは、なにを考えているのかわからない」というエッセイがあった。どうせ何も考えていないだろう。なにせタコだもの…。

ちょうど、タコの頭の部分の柔らかいところを食していた。フム、世の中にはワケワカラン、哲学的なことを考える人がいるものだ。タコの頭は、酢味噌でも美味だが、ボクはわさびしょうゆ派だ。飲む日は、総菜が多めになる。だからご飯を食べず、食パン一切れを食す。およそ栄養学的とはいえない。

飲めない日は納豆で、七城のコメのあつあつの炊き立てご飯が楽しみだ。我流の納豆の作り方を示しておこう。納豆は小粒がよろしい。

スーパーでは、『丹精』か、なければ『糸の力』を買う。もちろん、藁苞(わらづと)に収められた水戸納豆があればそれに勝るものはないが、我が地ではさすがに無理だ。

器に盛った納豆に、山のように刻みネギをかける。それも納豆の姿が見えなくなるくらいの量だ。

熱湯をかけて、さっと色が変わったヌルヌルめかぶは包丁で刻み、ネギの山盛りに混ぜる。味の素を多めにかけ、特選の和辛子を多めに入れる。魯山人とまではいかないが、ひたすらかき混ぜる。最後にしょうゆを控えめにたらして、またかき混ぜる。納豆はあつあつのご飯に少しずつかける。理想は一口ずつだが、これはさすがに面倒である。

以上の流れを面倒がらずに行えば、必ずや、「ああ、満足満足」とささやかな生きる喜びに浸れるはずだ。

宵になって、昼の仕事の出来具合が気になりだす。DVD『Ns' あおい』を観ていたのに、気になる資料など読みふけり、くよくよ悔やむ。いやいや、こんな生活はからだに悪い。思い直して、一旦は止めるがすぐ気になりだす。そんな時は美味しいものでも考えよう。

9月になれば、神戸への出張のついでに、伝統的なたこつぼ漁法の明石のマダコとシャコを食べに行こうと自分を奮い立たせる。どうせなら、渡哲也さん、渡瀬恒彦さん兄弟が育った淡路島にも行ってみたい。もっと、うまい刺身が食せそうだ。

しかし、食うことよりほかに楽しみはないものか。

だんだんと自分が不憫に思え、悲しくなってくるが、やっぱり、タコは生タコ刺しだなと思うと、シアワセなキブンが戻ってくる。

タコは裏旬（うらしゅん）の9月が最高にうまいという。タコには毒や寄生虫がいるから生は危険だと言う人もいるが、皮を剥いでしまえば生タコ刺しでも大丈夫だ。明石海峡のタコは踊り食いもできるが、あまり趣味ではない。

川上弘美さんは『センセイの鞄』で、タコしゃぶをポン酢で食すと、ポン酢とタコの甘さが混ざり合って「玄妙な味わい」になると書いていた。ぜひ試そう。

かくして、今宵も意味なく更けていく。


（2011・8・20）

『デイ・ドリーム・ビリーバー』

ＮＴＴドコモのＣＭが楽しく、ゴヒイキである。

堤真一さんと高畑充希さんの絡みが見どころだ。ケバめに決めた、ボディコンのタイトスカートでブルゾンみつき（ブルゾンちえみさんの高畑版）が参上し、オフィスを闊歩するあたりから、連続ドラマ仕立てのこのＣＭは、どんどんエスカレートしていった。どこまで行くのだろう。

案の定、ＣＭのタブーである上司・部下の不倫関係を匂わせるエレベータ内の今のＣＭに至る。

ＣＭはクリーンなイメージが大切である。いいのかなと思いながら、高畑充希さんのオーバーアクションにハマった。

アニメの『ひるね姫』の彼女が歌う主題歌の「デイ・ドリーム・ビリーバー」をＹｏｕ Ｔｕｂｅで聴きながら、あらためてよい詞だなと思う。

モンキーズのテレビ番組のコメディ『ザ・モンキーズ』は、ボクが高校2年生の秋に始まった。ＴＢＳテレビの放映だ。

『デイ・ドリーム・ビリーバー』もリアルタイムのヒット曲で、ラジオでよく聴いた。モンキーズは彗星のように現れて、日本のＧＳ（グループサウンズ）ブームと重なり合い、ＧＳの衰退と連動するように、流星のように消えていった。70年代の低迷そして解散を経て、80年代に入ると、『デイ・ドリーム・ビリーバー』がコダックのCMに起用され、また『ザ・モンキーズ』が再放送されると、日本では第2次モンキーズ・ブームを迎えた。

『デイ・ドリーム・ビリーバー』といえば、訳詞ではなく、独自の歌詞をつけた忌野清志郎さんを思い出す。いつも、学生運動家か土木作業員のような扮装で、ザ・タイマーズというバンドを作って日本語で歌っていた。当時は印象に残ったが、あまり興味はなかった。

振り返ると、井上陽水さんの名盤だった『氷の世界』の「帰れない二人」の清志郎さんの詞は、小椋佳さんの格調は高そうだが退屈だった同じアルバムの「白い一日」と較べると、遥かに心に響いた。なのに、清志郎さんとは、相性が相当悪かった。「い・け・な・い ルージュマジック」のパンクや奇矯なボディアクションは、あざとく感じて、好きにはなれなかった。

その頃は本社が千歳船橋にあって、地下の会議室にプロジェクトの仲間と終日、蟄居していた。お昼になると、3階にいるOLさんが、届いた出前を業務用のエレベーターに乗せて、地下の会議室まで降ろす操作をしてくれた。

プロジェクト仲間のプログラマーだった理系女子が、忌野清志郎さんの熱狂的なファンだった。追っかけをしていて、本人曰く、ライブに行くと彼女の人格が変わるほどRCサクセションは弾けるのだという。

彼女が自宅かどこかの庭で写した、くつろいだ和服姿の清志郎さんの写真を見せてくれた。スナップでは、閑寂な風景の中で、すこしはにかんだ清志郎さんが写っていた。鎌倉文士みたいだなと思った。きっと、これが彼の素なのだなと思った。でも、彼の音楽性には魅力を感じなかったし、やがて時は過ぎ、清志郎さんは早世された。

たぶん、セブン・イレブンのCMのせいだと思う。彼の『デイ・ドリーム・ビリーバー』の一部だけは、よく記憶している。

「ずっと夢を見て 幸せだったな
僕はDay Dream Believer そんで
彼女はクイーン」

（『デイ・ドリーム・ビリーバー』、ZERRY日本語詞）

高畑充希さんのアニメのPVの『デイ・ドリーム・ビリーバー』は、清志郎さんのコピーだ。じっくり聴くと、ステキだが、どこかさみしい詞だなと感じた。

「朝早く目覚ましが鳴って、ケンカしたり、仲直りしたり」して暮らしてきた元カノを懐かしむ歌かなと思いつつ、じっくり聴いていると、どうも様子が違う。

ファンの人には有名なのだろうが、追悼の記事を読んで、ああ、そうなのかと得心がいった。清志郎さんは、3才で母を亡くし、義母に育てられた。この彼女は、彼の亡母のことだった。彼は出生の秘密を、育ての親が亡くなってから知ったという。だとすれば、彼女は生みの親か、育ての親かの謎も生じるが、どちらにも感謝しかないだろう。個人的には、「ケンカしたり、仲直りしたり」だから、育ててくれた母のように思える。

どちらにしても、「ずっと夢を見て　幸せだった」ことには変わらない。ちょっと、胸を突くせつなさを、久しぶりに味わった。清志郎さんに、合掌。

せめてリアルタイムで1度くらいは、ちゃんと聴いておけばよかった。

そろそろ、今年も12月か。毎年、1年が駆け足になって来る。

（2017・11・24）

Kiyoshiro

温泉豆腐

たまには美味い刺身を食したいと思い、街に出る。

日曜日だから、予約もしていないのに個室に通して頂く。シマアジ、カンパチ、天然鯛、鱧(はも)など、たまり醬油と本ワサビで食した。美味である。

すぐ近場にあるが、なかなか温泉に行く機会がない。代わりに、たまには温泉豆腐でも食そう。頭の中では、情緒漂う湯宿が点在する夕景が去来する。温泉水の湯豆腐を固形燃料で、じっくりと温める。とろりとろとろの豆腐だ。

もちもち美肌の新潟女子だったガールフレンドを思い出す。もう遠い昔だ。豆腐がとろけ出た白濁したスープに、プルルン豆腐が揺れる。豆腐とたっぷりの温泉汁をれんげで掬(すく)い、取り皿に入れる。刻みミョーガ、ユズ、おろしショーガなどの薬味を加え、ちょっぴり醬油をたらし、汁ごと豆腐をズズーッと啜る。

う、うまい。天然のにがりだ。ビールの後の日本酒がすすむ。

ついで、エリンギのワイン煮を食した。熱中症気味でぐったりしていたのに、にんにくの香りが食欲をそそる。ついでに、他の欲もそそるような気もするが、すこし酔ったからだろう。あっち系も含め気分がハイになったのは、酔いに白ワインとバジル（たぶん）の刺激が加わったせいかもしれない。

店を出ると、入口に水槽があった。ウツボ、鱧などがゆうゆうと泳ぐ。先ほど、食した湯引きの鱧はここで泳いでいたのか。

麹町四丁目に勤務していた頃に、日テレ傍のお店で泳いでいたウツボを、食おうか食うまいかで悩んだことを思い出した。ウツボは未だ、食していない。昔、テレビ番組『くいしん坊！万才』で、レポーターの渡辺文雄さんがウツボの牙を剥いたお頭入りの味噌汁を出されて、さすがに食せなかったのを見た。それがトラウマになっている。

表に出ると、ミカンの房のようなお月様が出ていた。

（2011・8・31）

『幸福のシッポ』

ザ・ピーナッツの妹の伊藤ユミさんが亡くなられた。とても悲しい。「情報ライブ ミヤネ屋」を見ていたら、今度は永六輔さんが亡くなる。我が青春の影法師の最後のシッポが、突然に切り落とされた感じだ。

そういえば、ザ・ピーナッツに『幸福（しあわせ）のシッポ』（永六輔作詞）という映画の劇中歌があった。歌詞では、幸福のシッポは、「つかまえた 幸福のシッポ」だった。追いかけて摑まえるもので、失うものではなかった。

土曜日の夜の永六輔さんが作・構成した『夢であいましょう』は、タイトルバックの直後に、中嶋弘子さんが首を右40度くらいに傾けて、「皆様、今晩は」という、おしとやかな挨拶から始まった。エンディングは、坂本スミ子さんの歌う『夢であいましょう』のテーマ曲がサビ近くなると、だんだんと照明が落ちていって、真っ暗になって番組は終わった。土曜日も、もうすこしで終わるなあとさみしく思った。

日曜の夕方の『シャボン玉ホリデー』では、街灯とベンチを背景に、ザ・ピーナッツが『スターダスト』を歌っていると、割って入ったハナ肇さんが毎回、「この2人のタヌキが」などとからかい、ザ・ピーナッツからガツンと肘鉄をくらい、歯をむくのがお決まりのエンディングだった。

どちらの番組も、ボクが小学生の頃から始まった。しっかりと記憶しているけれど、一番印象深いのは、中学生2年生の頃かもしれない。頭の中はエッチな事ばかり浮かび、爆発しそうな時期だった。

読書では、石坂洋次郎さんと源氏鶏太さんの文庫本は読みつくして、獅子文六さんの『てんやわんや』とか『箱根山』、丹羽文雄さんの『日日の背信』とか『献身』など読んだ。

マンガ家のちばてつやさんはボクより年長だけれど、同じ年頃に、同じような読書傾向だった記事を読んだ。ちょっとだけ背伸びして、ユーモア小説や「よろめき」小説（今なら不倫小説）を好んで読んでいた。

永六輔さんは作詞家というより、若い一時期は、感性豊かな詩人だった。ただヒステリックなところがあって、テレビ局の生番組をドタキャンしたエピソードは何度となくあった。

印象に残っているのは、TBSラジオの『永六輔の誰かとどこかで』で、これはもう彼の独壇場だった。途切れなくしゃべるのは、頭の回転が速い証左だが、とにかく一方的なおしゃべりだった。アシスタントの遠藤泰子さんは、ただ相槌を打つだけだ。そんな独善的なところが、ボクはあまり好きにはなれなかった。

でも、当時としては高踏的（こうとう）で、時にそれが鼻につくが、一番、洗練された都会的センスの構成作家だったのは間違えない。

ザ・ピーナッツのボクのベストは、『私と私』（作詞 永六輔）だと思う。ザ・ピーナッツらしい楽曲となると、岩谷時子さんの詞と宮川泰さんの曲が素敵な『ふりむかないで』や『恋のバカンス』だろう。前者には、今「黒い靴下」をなおしているとか、あなたの好きな「タータンチェック」のスカートという言葉が出てくる。中学生だったボクは、女の人の詞だなあと感じ入り、そしてなんだか色っぽいなあと、ピーナッツの振り付けに見入っていた。伊藤ユミさんと永六輔さんに合掌。


昔は夜空に散らばる星のように、憧れる大人たちがいっぱいいた。大きい星や小さくてもキラリと光る星が、たくさんあった。

それが一つ消え、二つ消えと、段々と星が消えていって、もう数えられるくらいだ。とても悲しいけれど、誰かが亡くなられると、その頃の想い出が蘇る。

ちょっぴりジーンとして、数は少なくなったけれど、電飾のように小さく瞬く星を見ながら、ボクはこの地で、まだ元気で生きていると思うと、やがて心がほんのり温まる。ぼちぼち、また現代小説でも読んでみよう。

（2016・7・13）

白い影

中居クンこと、中居正広さんの『白い影』を1話、2話と観る。

この人は、こういう陰影のある役もできるのだなとあらためて思う。確かにアイドル全盛の頃でも、そういう雰囲気はどこかに隠し持っていた。

『白い影』の原作は、渡辺淳一氏の『無影燈』である。以前の、故田宮二郎さんが演じたテレビドラマは秀作だった。田宮さんが40才近い頃で、さすがにニヒルで、彼のその5年後の破滅を暗示するような凄みが宿っていた。対して、中居正広さんは20代最後の頃だから、堂々の演技である。

看護師という言葉は、どうも昭和生まれのボクにはピンと来ない気がするので、あえて「看護婦」という言葉を使わせてもらう。

相手役の看護婦さんは竹内結子さんで、こちらは山本陽子さんよりももっと存在感があり、ういういしい。

渡辺淳一さんは、比較的初期には『阿寒に果つ』とか、この作品など、作家性に富む作品を書いていた。いつの頃からか渡辺淳一さんは、葛藤などまるでない、弛緩（しかん）しきった新聞小説ばかりを書くようになった。不倫を描く閨房（けいぼう）作家へと傾斜していく。ベッドシーンばかりの性愛作家になった。

ボクが敬愛する立原正秋さんとなると、無理を重ねて大衆指向の流行作家になった。熱狂的な女性読者を獲得した。『残りの雪』を読んで、ヒロインがおいてけぼりにされた、雪の残る永明寺を探して、極楽寺坂を訪ね歩く女性が多かったという。永明寺は架空の寺だ。

また、彼は「李朝の末裔（まつえい）」や「日韓混血」などの虚言を重ね、その役を演じきって早世した。けれど、小説のプロットはいわゆる風俗小説でも、それなりの必然性や緊張感はいつも堅持していた。純粋な恋愛小説は、ある種の抜き差しならない状況になり、男のエゴイズムや女性のエゴイズムの醜悪な部分に逢着する。倫理を超えてしまった彼岸（ひがん）で、切り詰めた愛のカタチが問われる。時として、立原正秋さんの描く男は立派すぎて、リアリティを欠くという指摘もあった。そうかもしれない。

渡辺淳一さんの描く不倫はふしだらで、自堕落な日常だが、立原正秋さんの書いた小説には、いつも哀しさが漂っていた。それは「血の問題」だったり、「破滅への道行き」だったりで、滅びの美学があった。本質では、立原さんは純文学の作家だ。

畏友（いゆう）の高井有一さんの『立原正秋』は、独特な旧かなの古風な文体で綴られた、一見、残酷な評伝だ。高井有一さんは、立原正秋さんが兄事した吉行淳之介さんの言葉の中に「焔（ほむら）」を読みとり、「立原の片想いだったかもしれない」とシビアな視線で吉行発言（手紙）の本質を剔抉（てっけつ）した。

高井さんは、文章論の教本ともいわれた志賀直哉大センセイの文体に、「が」が多いことや「事」の濫用を指摘し、美しくないと指摘した鋭い人である。

彼の書いた立原評伝は実は、あたたかな陽がさした友への敬愛に満ちていた。

そんなことを思い出しながら、今日は、『白い影』の第3話と第4話を観てみよう。ボクなどに立原文学を語る資格はないが、大好きな作家だから大目に見てください。

久しぶりに、彼の小説が読みたくなった。三年坂通りの本屋さんに行っても、昭和の小説家の長編小説はあまり置いてないが、とりあえず行ってみよう。


（2016・5・19）

毎日がお月見

月見マックシェイクのＣＭを観る。

同じ満月を見て、故郷の父は月見バーガーを食し、東京にいる娘は月見マックシェイクを飲み、子供の頃の父との想い出を懐しむ。

「私がいなくて、さみしいでしょ」と娘が冷やかし、「そんなこたあないさ」と父は平静を装う。父と娘のよくある光景で、ありがちなパターンだが、なんかいいなあ。おひとりさまのボクには絶対に望めない。

そんなことは、もう30年以上前に実感すべきことだが、万事にスロースターターなのだ。いや、鈍いだけだ。

冒頭のＣＭのキャプションの「月を見る。心が上を向く」というのはよくわかる。月を見上げて大切な人を想えば、きっと優しい気持ちになるに違いない。そして、電話でもあれば、ぐっと心の距離が縮まる。

ボクはミルクが苦手だから、コーヒー牛乳もカフェオレも、カフェラテもマックシェイクなるものも飲めない。月見バーガーは好きだから、近々に月を眺めながらインスタント・コーヒーでも飲んでみよう。

月といえば、映画『ティファニーで朝食を』では、「ムーン・リバー」の曲が流れた。原作では女がブラジルに発つ日、スラムで猫は雨の中、「どこかへ行っちまいな」と捨てられる。そして、男と女は離れ離れになった。男は、後になって裕福な家に拾われたらしい猫を見つけ、女もどこか居心地の良いところが見つかっているとよいなと思う。

トルーマン・カポーティの描くNYは、アーウィン・ショーの描くニューヨーカーとは対極である。苦い。

個人的には映画先行で観たので、原作者が激怒しても、ブレイク・エドワーズ監督の『ティファニーで朝食を』の感傷的なハッピーエンドが好きだ。

『月に吠える』という詩集もある。正確ではないが、「犬が月に吠えるのは、自分を追ってくる影に怯えて吠えるようなもので、詩は生きて働く心理学だとか、詩には匂いがある」というようなことが、序文に書いてあった。わかったようで難しいが、季節や風に匂いがあるように、詩の匂いなら理解できる。

原田康子さんのファンタジー小説『満月』もロマンティックで、かぐや姫の男性版のようだった。まあ、仲秋の満月の夜、タイムトラベルをミスって昭和にたどりついた侍と若い女の高校教師のラブストーリーだ。いずれ侍は藩に帰還しなければならない。

「月々に　月見る月は多けれど　月見る月はこの月の月」（読み人知らず）を信じるならば、中秋の名月が一番美しいはずだが、月はいつ見ても、春の朧月（おぼろづき）も、満月も、三日月も美しいとボクは思う。

川上弘美さんの『センセイの鞄』のように、誰でもよいから、はるか離れた場所にいる知人に向かって、今住む住宅の前の川沿いの夜道を歩きながら、月に話しかけるような気分で歩いてみたい。

願わくは知人が異性であれば尚よいが、誰も思いつかない。それが現実だ。

（２０２１・９・12）

『ママがサンタにキスをした』

昨晩は、『ラブ・アクチュアリー』を観た。ロマンティックな映画である。

もしも今、若かったら、ボクの妄想の世界では、クリスマスデートはピザハウスで待ち合わせして、クリスマス・ピザを食べ、手編みのマフラーなど頂きたい。ハンドメイドのプレゼントなど「いかにも」で、中高生レベルみたいでもある。「重くね」と思う男もいるようだ。ボクは未経験だから、もらえた人が羨ましい。

クリスマス・ソングが大好きである。伝説の名盤『A Christmas Gift for You from Phil Spector』(デジタリー・リマスタード2002)を聴いた。オリジナルは1963年のアナログ・レコードだ。アメリカがトンキン湾決議をして、ベトナム戦争に軍事介入する前年になる。音楽プロデューサーのフィル・スペクターは射殺容疑で逮捕されてしまったが、彼の伝説は崩れない。たとえ彼が殺人鬼だったとしても、音の天才であったことは揺るがない。

『Be My Baby』の深いエコーにはため息しかでない。ぶ厚い『ウォール・オブ・サウンド(音の壁)』が、雪崩のように押し寄せてくる。

最後の『SILENT NIGHT』のフィル・スペクターの語りだけはさすがに興ざめだが、全てがゴージャスだ。華やかで、絢爛豪華な『ウォール・オブ・サウンド』が、ぐるりを埋め尽くす。ポップスは、こうでなくっちゃねという感じである。

全曲がワクワクするし、疾風怒涛の迫力もある。あえて選ぶと、ザ・ロネッツの『ママがサンタにキスをした』(I Saw Mommy Kissing Santa Claus) が一番好きかも知れない。

流麗なストリングスのイントロに、カツカツカツという靴音がして、ギィっとドアが開く。キスの音がしてドアがしまり、靴音がだんだんと遠のく。お洒落だ。

ロニー・ベネットの歌はやっぱりパンチがある。弘田三枝子さんも、伊東ゆかりさんも敵わないわけだとあらためて感じ入る。

間奏のストリングスも楽しい。聴いていると世の憂さなど、あっという間に吹っ飛んでしまう。エンディングも素敵で、うっとりする。まさにエバーグリーンの輝きがある。

第一曲目のダーレン・ラヴの『ホワイト・クリスマス』から、もう涙腺じわっ…である。老化現象ではない。じわっときて感動するのは、若い時から変わらない。

ハル・ブレインのドラムが炸裂する『Christmas (Baby Please Come Home)』も、ド迫力である。深夜に全曲を聴いたらすっかり興奮してしまった。まだ残響がある。

今夜もしばらく、眠れそうにない。これが問題なんだよなあ。

(2008・11・5)

桃の節句

桃の節句である。

この歳になるまで、この時期の雛人形も、ちらし寿司も、ハマグリのお吸い物も全部縁がなかった。黄色く美しい粟の菱餅を食したことがある。石油ストーブの上で焼いて食したと思うが、見た目ほど美味しくなかった記憶がある。さすがに色とりどりのひなあられと白酒は経験した。


桃の英語名はピーチだが、水蜜桃という言葉が一番ピンと来る。瑞々しい甘さを表現している気がする。

子供の頃に、桃を食すと赤痢になると脅かされ、なかなか食べさせてもらえなかった。めでたく桃解禁となって、濡れ縁で、丸ごと1個の桃の皮をむいて雫を滴らせて頬張っていたら、どこからかハチが飛んできて、しっかり刺された。痛かった。自分のアンモニア水での消毒も考えたが、さすがにそれはエンガチョで、していない。

仕事部屋からの帰り道に、桃の木がある。

夜暗くなって帰って来た時に、夜目にもあでやかなピンクの花が咲いていた。その時は桜かなと思った。けれど翌日に見直すと、直立した樹形の桃色の花桃だった。のびのびとした幹の枝に密生する桃の花は、目にまぶしくて、ほうと見とれてしまう。やさしい花であるなあとため息が出た。怪しげなセクシーさはなく、少女っぽい感じがある。

花を見て妖しい気分になったのは、紅梅と花海棠（はなかいどう）くらいだ。夜の坂道に咲く紅梅は、一枝手折（たお）りたくなる衝動へと誘う。晩春の日暮れに海棠を見て「あれば散るのぢゃない、散らしてゐるのだ」と、小林秀雄大先生は書いた。地面を薄桃色にべっとり染めるさまは蠱惑（こわく）的である。

桃の木はぐっとそばに近づけば、きっと仄かに甘い香りが匂うだろう。いつか、人目につかない時間に近づいて深呼吸をしてみたい。

「満開の桜や 色づく山の紅葉（もみじ）を この先いったい何度 見ることになるだろう」（『人生の扉』、竹内まりや作詞）という歌詞がある。桃の花は、あと何回見ることができるだろう。

梅や桜は子供の時から、よく知っている。年に1回としても、梅や桜はもう60回くらいは見ているが、桃はあまり馴染みはなかった。

花桃は果樹用と違って、果実は小さく美味じゃないと聞いたことがある。夏頃の熟れた果実を見たことはあった。

以前に、桃のお尻と産毛がセクシーだと書いた。桃の産毛をじいっと見ているとドキドキしてくる。「バカなことを」と思いながら、頬でスリスリしたら、ビロードのような産毛がチクチクするに違いないと想像が膨らむ。わずかに残った理性が、アブノーマルな試みに待ったをかけている。

桃の花を花屋で買うのは、かなり恥ずかしい。

「だったら、バラの方が恥ずかしくないですか」と、不思議がられたことがある。

たぶん、ボクにとっては、桃の花は女子の部屋の花だと思っているからだと思う。花桃を花瓶に入れてお雛さまの横に置くイメージだ。もうすぐ、水仙や梅は終わってしまう。

仏壇の供花がスーパーの小菊ばかりで殺風景だから、こんど、桃の一枝も加えてみよう。

春めいてくるのは、いくつになってもすこし楽しい。


（2008・3・3）

休日の朝は

ラグビーボールを小さめにした形状のフランスパンをやや厚めに切って、バタートーストで食す。耳がパリパリで、中味は少しもちもちしている。フム、なかなか美味だ。朝食は、週に一度くらいならバケットでもよいなと思う。

今朝は、気温は低いのだが、キラキラした朝の光が射し込む。

紅茶を飲み、朝刊でサッカーの試合結果などに目を通す。

「コーヒーの色は嫌いだが、香りが好き」というエッセーを昔読んだ。誰だったか思い浮かばない。「私はコーヒーです、という香りが好きだ」とも書いてあった。なるほど、コーヒーの色はあまり美しくはない。だったら、紅茶の「私は紅茶です」の色や香りが、ボクは好きだ。紅茶は水色が美しい。

せっかく早く目覚めたので、散歩に出た。

冷たい雨が降ったのではないし、日差しも空気も明るいのに、さ、寒い。花冷えである。

大きなクスノキのある公園のバス停には、誰もいない。3時間に1本程度の本数しかない。第一、バスがこの通りを走っているのを、一度も見たことがない。

　そんな閑寂な休日の朝のまったり感はよいなあと思う。ゆったりとした時間の流れを感じながら、錆びたバス停の丸い標識に掲示された停留所の名前や路線図の文字をしげしげ眺める。時刻表が手書きなのがなんともレトロだ。

　足を伸ばして、いつも通るケヤキ通りを歩く。

　若葉がさわさわと揺れ、通り抜けに使わせてもらっている大学の銀杏並木の新緑が眩しい。黄色くきらめき、光が透けて紅葉したみたいだ。きっと、目薬十滴分の効果はあるに違いない。

　昔、観ていた『わくわく動物ランド』のエンディング・テーマ曲の『1グラムの幸福』とは、きっと、こういう気分なんだろうなと思う。

　こんなゆっくりとまったりとした時間は、大都会でもあるのだろうか。


（2010・4・18）

顔面シューはやめてくれ

若い人たちの間で、シュークリームや紙皿の生クリームを顔面にぶつけて盛り上がる、顔面シュークリームが流行している。昔ながらのパイ投げの生クリーム・バージョンだ。

女子のインスタやツイッター（現X）、フェイスブックなどで、誕生日やイベントのサプライズとして、顔面シューの写真がアップされている。

目隠しして部屋まで誘導して、生クリームを顔面にベチャッと浴びせる。下手をすれば服までベッチョリで、まるで処刑である。この種の遊びには生理的嫌悪しかない。クリームが床に派手に飛び散っている。若い人の民度が低すぎる。

食べ物を粗末にするのは大嫌いだし、仮に食用クリームではないとしても、残酷な遊びでもある。パイ投げにも抵抗があったが、ボクがもし若ければ顔面シュークリームをする人とは絶交する。

遠い昔、ショートケーキ、シュークリーム、エクレアが洋菓子の御三家だった。

エクレアをウクレレと憶え込んだ聖少女のような母親がいた。その母親の日常の出来事を書いたのが、筒井ともみさんの「ウクレレとエクレア」（『舌の記憶』、スイッチパブリッシング）だ。その優しい母は早世し、レシピノートが遺言のように残った。とてもせつない内容だけれど、短い私小説風エッセイの大傑作だ。

日本で、食べ物を粗末にするのが始まったのはクレージーキャッツの時代が終わり、ドリフターズに代わってからだ。日本の笑いから、品や知性が消えた頃だ。

昨夜は矢田亜希子さんのＤＶＤの３本立てを観た。『ヨイショの男』『夢で逢いましょう』『ラストクリスマス』だ。

最初の作品は植木等さんの日本一シリーズが原型である。『日本一のゴマすり男』というのもあった。３本立てのうち2番目は、『パパとなっちゃん』のバリエーションで、最後は加山雄三さんの『アルプスの若大将』を思い出した。

矢田亜希子さんの役どころは、浜美枝さんのＯＬ、小泉今日子さんのファザコンの娘、若大将シリーズの澄子サン役である。矢田さんにはとても失礼だが、庶民的な美人の星由里子さんに、少々ヤンキーが混じると、矢田さんになる。

寝る前に観た『ラストクリスマス』第9話では、初雪が降り始め、それに気づいた由季（矢田さんの役名）がベランダに駆け寄り、雪（エンジェルスノー）を手で掬（すく）って掴んでしまう。エンジェルスノーは、北欧では「掴むと不幸が訪れる」のが伝説だった。夜空から雪は舞い降りて、ベランダからそれを見上げる。

それにしても、3作連続で観る位だから、他人事のようだが、矢田さんがよほど好きなのだろう。

トヨエツ、常盤貴子さん、そして松嶋菜々子さんの妹役の頃から、街角の小さな魚屋さんが大好きなＣＡの塩田若葉役にいたるまで、好きだった。

昨日で年内の仕事はすべて終わった。そのはずだけど、まだバタバタしていて、今日がクリスマス・イブなのを忘れていた。

（２０１３・12・24）

アジサイ通り

「暮れそうで暮れない黄昏どきは」（『人恋しくて』、中里綴作詞）というのは、肌寒くなる前の秋の詞だ。夏至前の初夏っぽい昨日も、まさにそんな感じだった。

暮れそうでなかなか暗くならない。黄昏のオレンジ色の世界が広がるが、まだ少し暑く、夜の気配はなかなか始まりそうもない。

15階建ての大きなマンションだけがやけに目立つ通りを歩いたら、とある住宅にかなり大きな枇杷(びわ)の木があった。上の方まで枇杷の実が生っていた。枇杷の季節だなあと思う。さくらんぼや水蜜桃の季節でもあり、野菜ならナス、キュウリ、インゲン豆の季節だ。

枇杷は家庭果樹だ。実の生る木は屋敷内に植えてはならない。一応、縁起かつぎの慣習ではそうなっている。だから昔、柿や枇杷の木は、裏庭の物置の脇あたりにまとめて植えられていた。

ボクが住んでいた杉並の社宅もそうだった。

江國香織さんの『薔薇の木 枇杷の木 檸檬の木』（集英社文庫）という人間模様を描いた小説がある。映画の『アニバーサリーの夜に』のような、大勢の人の出入りを描いた作品だ。

その中のチャーミングな若い女性モデルが強く印象に残っている。

「花屋の花は夜店の金魚のようで、道に咲く草の方が好ましい」と、その女性は思った。彼女が子供の頃に住んだ家の裏庭に大きな枇杷の木があった。いつか、そんな庭のある家に住むと決めている女性だ。江國香織さんご自身の原体験かもしれない。

　それにしても枇杷は高価だなあと、スーパーに行くたびに思う。家庭果樹だからか。でも食すと美味なので、仕方ないのかなとも思う。茂木びわゼリーも絶品だ。

　まだまだ暮れそうもないだらだら坂を下ると、官舎の植え込みに額紫陽花が咲いていた。紫陽花は、色が七変化（しちへんげ）すると言われる。花言葉は「移り気」だ。多情や浮気と共通するから、褒め言葉ではない。紫陽花の咲き始めは、淡い黄緑が多かった印象がある。

　官舎では、水色の装飾花が縁取り、楚々と咲く。

　ああ、よいなと思う。西洋アジサイの大玉の花房を見ると、ゲッソリしてしまう。厚ぼったくて風情に欠けるように思う。でも、好きな人には、そこがよいのだろう。

　人生すべからく、あばたもえくぼであってほしいなと思う、今日この頃である。

（２００９・５・27）

フルーツ牛乳

昔々、住宅には鳥の巣箱のような牛乳箱があった。普通の牛乳やフルーツ牛乳、そしてヨーグルトなど、牛乳屋さんが早朝に配達してくれた。

子供の頃、1日牛乳4本の人工栄養で育ったせいか、ボクは牛乳が苦手だ。フルーツ牛乳でも飲めない。フルーツ牛乳は、紙のフタのメロンやバナナの絵が匂いや味覚まで連想させ、飲めないボクでも「あっ、美味そう」と色彩にじぃーっと見入った記憶がある。

高橋克典さんの『恋愛ドラマをもう一度』を観る。失礼ながら、元来、額の狭いこの二枚目俳優が、どちらかというと苦手だった。けれど『傷だらけのラブソング』のような、落魄(らくはく)したヒーローを演じると、力量のある俳優さんなんだなと思う。『バツ彼』なども、軽佻浮薄(けいちょうふはく)なナンパ男役が、なかなか様になっていた。

『恋愛ドラマをもう一度』は、『最後から二番目の恋』のプロデューサー（小泉今日子）と脚本家（益若つばさ）の関係に的を絞り、男女関係に置き換えたインサイド・ストーリーである。正確に言えば、演出家と脚本家の都会派恋愛ドラマだ。

最近の岡田惠和さんの脚本には、和製ニール・サイモンの味わいが出てきた。せつなさと温かな余韻の残る台詞回しが、なかなか素敵だ。

『ホームドラマ!』の頃もそれを意識していたのだろうが、眼高手低で退屈で眠くなった。

ふと思ったのだが、『恋愛ドラマをもう一度』は栗原美和子プロデューサーだったので、彼女が舞台からテレビドラマに引っ張り出した堤真一さんが演じていたらどうなったのかなあと思った。昔の彼なら、得意だったはずだ。2000年代の一時期、堤真一さん、上川隆也さん、内野聖陽さんの舞台俳優たちが連ドラのご三家だったことがある。

この種の都会派ロマンティック・コメディを観るたびに、ジャック・レモンさんを思い出す。『アパートの鍵貸します』のさみしそうな微笑みが蘇ってくる。

松木ひろしさんの脚本では、石立鉄男さんや西田敏行さんがそれらしく演じた。けれど、ジャック・レモンさんほど都会的な哀感のある俳優さんは、ちょっと出そうにない。

ハリウッド映画人を描いたロバート・アルトマン監督の『ザ・プレイヤー』のパーティーのシーンで、ジャズ・ピアノを弾いていたジャック・レモンさんが、ふと頭をよぎった。彼はピアニストでもあった。

レモンさんのピアノや歌のCDも発売されているが、楽しみはもう少し先までとっておこう。

（2015・4・11）

だから、あなたは

貝柱のカルパッチョ、ねぎトロ湯葉巻き、黒胡麻コロッケで、ビールと日本酒を飲む。

突然、想い出が蘇る。正確には黒胡麻コロッケでビールを飲んでいたときに、頭に降ってわいた。

遠い昔、フライドポテトで、よくウイスキーを飲んだ。

ウイスキーはホワイトホースだったり、カナディアンクラブだったりしたが、なぜかカティーサークだけはバカにして飲まなかった。そんな頃のことだ。

「だから、あなたは、女がわかっていない」と、何人かから言われた。前の晩に『ラストクリスマス』のＤＶＤを観て、矢田亜希子さんが織田裕二さんに向かって、「わかってないなあ。だから春木さん、モテないのよ」というセリフの影響もあって、思い出したのかもしれない。

数日前に、熱中症でみながバタバタ倒れ、藤崎台球場では9台の救急車が到着したという。世間はみなクールビズだが、ボクは背広にネクタイで過ごすことにしている。

みんなが背広にネクタイの時は、ボクはタートルネックで、フォーマルな席でも気ままに過ごした。斜に構えるひねくれた性格は、永遠に治らない。

若い友人から教えてもらったDVD『500日のサマー』は、60年代の作品を想起させる洒脱で、ちょっとビターな佳作だった。LAが舞台で、過去と現在を行きつ戻りつするカットつなぎに、監督の才気を感じた。男と女の物語は「運命」なんかじゃないというのが、映画のテーマだ。会話に出てくるザ・スミスが「偶然」で、オスカー・ワイルドの『ドリアン・グレイの肖像』が「運命」を意味するシンボリックな小道具になっていた。

人生では、ボーイ・ミーツ・ガールの「偶然」の出会いが、日々の平凡な行動やすれ違いの中で、恋愛になったり、ならなかったりする。振り返ってみたときに、「ああ、あれが『運命』だったのだと、後付けで思い込んでいるだけだ」という物語だ。言い方を変えると、平凡という名のプロセスの中に、実は、恋愛の行方を左右するかけがえのない宝物が潜んでいるとも言える。

まったくの見当はずれで、「だから、女がわかっていない」とまた叱られそうだ。場数をふんでいないから、まったく成長しない。

シニアが好むお酒の人気は、ビール、ワイン、焼酎の順だそうだ。

ボクは、ワインと焼酎はまったく飲まない。それしか無ければ、禁酒する。やっぱり、素直じゃない。いつの頃からか、ウイスキーも飲まなくなった。

たぶん、その時が「こじらせ青春」へのグッド・バイだったのかもしれない。

（2014・7・20）

『フロント・ページ』

１９７５年5月のゴールデンウィークは、今でも覚えている。

明るい陽ざしが差し込む喫茶店で唯一の女友だちと待ち合わせして、『フロント・ページ』を観に行った。みゆき座だった。

当時、映画を観に行くのは男の親友と、異性では、唯一の女友だちしかいない。その頃のボクはまだストイックで、「飲んだら観るな、観るなら飲むな」の考え方だった。唯一の女友だちとはよく映画を観に行ったが、酒を飲むことはめったになかった。スクリーンと対峙するような気分で、映画を観ていた。

今は明るい茶の間で、気楽に映画を観る。堕落したものだが、それも悪くはない。あの頃は、本気で映画に命をかけていたのだなと、今にして思う。

『フロント・ページ』は、ベン・ヘクトらの『犯罪都市』のリメイクのリメイクで、その後も『スイッチング・チャンネル』で再度リメイクされた。ジャック・レモンとウォルター・マッソーの掛け合いがあうんの呼吸で、なんともおかしい。ビリー・ワイルダー先生のドタバタ演出も洗練されていて、ゲラゲラ笑い、堪能した。フロント・ページとは新聞の第一面のことだ。

ロビーへ出て、次はスタンリー・ドーネン監督の『星の王子さま』を観ようなどと話した。大学時代の1年後輩の男友だちがボクらを見つけ、入れ替えの混雑の中を近寄ってきた。彼も、彼女と次の回を観に来たのだった。

皆顔見知りで、ボクと同い年の唯一の女友だち（2浪）と後輩の彼女は同期だった。みんなサークル仲間で、ボクの女友だちと後輩の彼女は、この春に大学を卒業したばかりだった。

後輩はアガサ・クリスティの『オリエント急行殺人事件』を観ようか、これにしようかで迷ったみたいだ。

立ち話して別れると、唯一の女友だちは、「我々男どもはちっとも成長していない」と憤慨している。

社会人1年目になると、女性陣は俄かに大人びた。ボクと女友だちでは、ニューヨーカーのカップルとは程遠いが、本屋の新刊の平置きを冷やかしたり、銀座をブラブラ散歩して、めずらしくパブで明るいころから飲んだ。

この年の2年後、後輩カップルは結婚した。

「男どもは成長しないと嘆いた」ボクの唯一の女友だちは、75年の冬に結婚していた。

ボクはと言えば、男の親友と暇を見つけては、刺身が美味で、できれば温泉もある名館で酒を飲む優雅な独身生活を40代まで続けていた。親友は40代半ばに「突然、炎のごとく」結婚をした。

ボクはなんの変化もないままに、美味い刺身と温泉と酒をこよなく愛し、今日に至っている。唯一の女友だちは、数年前に亡くなったと聞く。
なんとかならぬものかと、内心忸怩たる想いもなくはないけれど、もうここまできたら、どうしようもない。でも、そこそこ楽しいから、まっ、いっか。

（２０２３・５・９）

レモンライムの青い風

炭酸飲料の飲み物は、夏だけという時代に育った。夏でも普通の日は、ヤカンで沸かした麦茶を冷やして飲んでいた。小学校の低学年の頃は、三ツ矢サイダーとバヤリース・オレンジぐらいしか飲み物はなかった。

レモネードを真似たラムネの時代は終わっていて、ほとんど飲んだことがない。喫茶店ではソーダ水を飲んだ。銀座の資生堂パーラーでは、ソーダ水はピンク色だった。千疋屋では、フルーツポンチを食した。豊かではなかったから、若かった母が奮発したのだろう。

「ドリーム・オブ・ユー　～レモンライムの青い風」（竜真知子作詞）というキリンレモンのＣＭソングがあった。

竹内まりやさんの歌だが、当時のレコードジャケットにじぃーっと見入ってしまった。ソバージュの髪型が、失礼ながら「似合わねえ」って思った。まりやさんの黒歴史かもしれない。河童の縁談流れだ。

「If you love me　夏色の恋人」（『夏色のナンシー』、三浦徳子作詞）というのもあった。コカ・コーラの83年のＣＭだ。早見優さんの最大のヒット曲になった。

小学校の高学年になると、コカ・コーラがブームになった。最初は、薬臭くて美味しくないなと思った。だが、すぐに病みつきになった。

サイダーにせよ、とりわけ瓶のコーラは、昔はもっと炭酸がきいていたような気がする。真夏に飲むギンギンに冷えたコカ・コーラには、一気飲みできない強烈なパンチがあった。これぞアメリカという感じだった。

ガブッとラッパ飲みすると「き、キクぅー」と感じた。それが、カイカンに変わっていった。

カルピスの味も忘れ難い。友だちの家で飲むカルピスはよく冷えていて、ことのほか美味しい。オレンジ・カルピス（逆かも？）というのもあった。

ずっと後のカルピスソーダにも、一時だけはまった。けれど、すぐに飽きた。水玉模様に黒人のマークの包装紙のカルピスが一番好きだった。

昨日、ドリュー・バリモアの『25年目のキス』を観た。

そこそこ面白いラブコメ映画だが、ラスト近くで『Don't Worry Baby』（'64）がフルコーラスで流れた。デンゼル・ワシントン主演の『デジャヴ』では、これでもかとばかりに全編に繰り返し流れていた。いつ聴いてもゴキゲンなノリで、うれしくなった。「（本当は大丈夫じゃないかも…だけど）大丈夫よ」と、彼女が彼氏を勇気づける歌詞だ。

全米№1ヒットとなったザ・ビーチボーイズのシングルだ。この曲がヒットした頃、ボクは何をしていただろう。中学2年生だった。

まだホットだとか、レスカだとかカッコつけて略語で言い、喫茶店に入り浸る前の頃だ。ホットもレスカも今や死語か瀕死語である。

ようやく紅茶のティーバックが普及し始めた頃で、今となれば偏見だが、ティーバックの紅茶など飲めるかと思っていた。

『Don't Worry Baby』は、『I Get Around』のB面の曲だった。もしご存知なければ、一度は聴いみてください。

（2008・10・30）

ビキニスタイルのお嬢さん

いつも通り抜けする大学の総合案内所の向かいに、紫の花が開きだす。

何年間も道を隔てた反対側から見ていたので、ムクゲだと思い込んでいた。ムクゲにしては、咲く時期が早いと思った。昨年、そばを通った時に、芙蓉（ふよう）だと思い直した。

今年、ようやく正解に辿り着いた。薄い花びらが光を透かし、まっすぐに伸びた姿はかなり背が高いタチアオイに違いない。なかなか美しい立ち姿だ。

見ようによっては、着物女性のようでもある。我が花の知識たるや、まことに頼りない。

樹木なら、合歓（ねむ）の木の花が咲いたとか、もっこくの花が咲いたなと、目立たなくてもわりかし敏感に気づく。

つゆどきなのに、淡いすみれ色の空が心地よい。帰り道をゆっくりと帰る。

早足の女子高生がスイと抜いていく。とてもくやしい。むきになって抜き返すのは、さすがに大人げないからじっと我慢する。

いつも帰るだらだら坂の近所の公務員住宅の樹木に、見知らぬ薄黄色の花が穂のように咲く。葉の形がとても美しい。

早く帰宅しても、まだ定期健診前なので、酒が飲めない。ビールが飲みたい。そう思うと、遠い昔に、新橋駅前のビルの屋上のビアガーデンで生ビールを飲みながら、泥レスを見た記憶が蘇る。泥レスは、エロ親父向けの見せ物である。プロレスのように本気の格闘技として楽しむものではない。ローション・レスリングもあるらしいが、さすがに見たことはない。風は強いし、生ビールも美味しくなかったけれど、悪趣味だと思った泥レスも悪くなかったなと懐かしい。

今なら、ビーチバレーでも見ながら、ギンギンに冷えた生ビールを飲んだら、きっと、生きていてよかったと感動するに違いない。

願わくはビキニ姿のママさんバレーではなく、若い女性であってほしい。人間の本性って、変わらないものですね。

（2014・6・22）

『赤頭巾ちゃん　気をつけて』

近くの神社に初詣に行く。小さいけれど由緒正しい神社だ。歩いて5分くらいだが、寒いから正ちゃん帽を被る。今はニット帽などと言うが、姿かたちは正ちゃん帽だ。毛糸がアクリルやウールになったり、ロゴが入ったりしているが、正ちゃん帽と同じだ。

昔の時代劇では、御高祖頭巾なんていうのもあった。夜陰に乗じてお姫様が人目をさけて、意味深な逢瀬に出掛ける時に被った。なぜかいつも紫色だ。御高祖頭巾は何気に色っぽく、謎めいた風を装う美女であることが多い。頭と顔面を包む御高祖頭巾は、お姫様の場合は正体を隠す意図がある。普通は防寒のためだ。あるいは、日本髪の乱れを防ぐためであったかもしれない。

男バージョンとなると、怪傑黒頭巾や鞍馬天狗が被っていたのは、額のところに菱形の飾りがついている。宗十郎頭巾というらしい。ネット検索して初めて知った。子供の頃に、怪傑黒頭巾と鞍馬天狗のどちらが剣の達人かという話をよくした。「スーパーマン対マイティ・マウス」もそうだし、たぶん「エイリアン対プレデター」とかも、どちらが強いかは男子は大好きだ。けれど「キングコング対ゴジラ」のような両者の共演は、まだない。御高祖頭巾のお姫様が好きだからといって、コスプレ好きの変態ではない。

御高祖頭巾は武家屋敷のある風景だからよく似合う。今の時代だと、被って町を歩けば怪しい人か、尼さんと間違えられそうだ。

チャンバラ映画では、御高祖頭巾の女忍者（くノ一）もよく観た。山田風太郎さんの『くノ一忍法帖』が大きく貢献している。かなりエロティックな作品だ。エロさでは巾着切りもかなり艶っぽい。そうでないと「持病のしゃくが…」と急にお腹を押さえてうずくまっても、知らんぷりされるだけだ。お侍さんから「いかがなされたか」と体を抱きかかえられなければ、懐中からサイフを抜き出すなんてできない。しゃくとは、どうやら胆石から来る胃痙攣（けいれん）らしい。

グリム童話の『赤ずきんちゃん』でも赤いビロードの布を被るのだが、身もふたもない言い方だが、ほっかむりと言っていい。ボクたちの頃は、赤ずきんちゃんはオオカミに丸のみされるが、漁師がオオカミのお腹をハサミで切って救出される話だった。ペローのオリジナル版では、赤ずきんちゃんは食べられておしまいだという。童話特有の残酷な内容だが、一度読んでみよう。

学生時分の頃に、庄司薫さんの『赤頭巾ちゃん気をつけて』と『さよなら怪傑黒頭巾』が流行った。

タートルネックのセーターで、女子と塀に並んでもたれていると、「『赤頭巾ちゃん気をつけて』みたいだね」と言われた時代だ。もちろん、ボクには縁のないことだったけれど。

（２００９・１・３）

車窓の夕陽

40才になる頃まで、暮れから正月にかけて西伊豆によく出掛けた。踊り子号は、当時は修善寺が終点だった。西伊豆は、いつも高足ガニで有名な戸田(へだ)ばかりなので、ひなびているということで、宇久須(うぐす)温泉と、外れもありうるから無難な土肥(とい)温泉に行ったことがある。宇久須には民宿しかない。2泊目の土肥温泉は、俗化された温泉街だった。特別料理の天然鯛の石焼きも、ボク的には美味ではなかった。宇久須からの移動途中には恋人岬があるが、当時はまだその名前になっていない。

修善寺駅から宇久須温泉まではバス便がなく、タクシーでゆく。陽が傾き、茜色の夕陽が西の空を染め、海の彼方に沈む瞬間をタクシーから見た。映画では、沈む夕陽がうるんでゆらゆらと揺れる映像をよく見たが、まさにそんな感じだ。

宇久須は海岸で、砂浜はさして広くなく、入り江になっていた。ひなびた小さな漁港である。

今は古民家民宿があるようだが、まさにそんな感じの民宿の2階に通された。まことに殺風景だが、広くゆったりしているのでくつろげる。

丹前を着て自宅のように寝そべっていると、おかみさんがお風呂だと階下から呼ぶ。一人でプラプラ階段を降りてゆくと、よよっ、なんと家族風呂ではないか。沸かし湯なのだろうが、たしかに温泉ではあった。

けれど食いものは抜群だった。刺身も辛口の酒も比類なく美味い。イナダ、サヨリ、メジナを粉の山葵で食した。あれ？　サヨリって、春ではなかったかしらと不思議な気がするが、美味(うま)ければそれでいい。モノがよければ粉の山葵でも美味い。鮮度抜群で、いや堪能した。

明けて翌朝、どこかの家の餅つきの音で目が覚める。たしか12月28日だった。ネット検索をすると、宇久須のある温泉宿では、ヨモギを使った草花餅(くさはなもち)つきを年末にするらしい。こういう風流な朝の目覚めは、美人がおこしてくれるのと同じくらい、ゴキゲンな目覚めである。

余韻に浸り、しばし布団の中でボーっとしていた。その時は、これから向かう土肥の宿がたまたま大外れになることも知らず、シアワセだった。人生には「曇り、のち晴れ」のような理想的な日もあれば、「曇り、所により雨」の日だってある。ボクには後者くらいがちょうどいいように思う。

（２００９・11・25）

追記：この旅にはまだ続きがある。土肥から帰京したボクたち（男３人）は、その足で京橋郵便局のそばの行きつけの鮨屋(すし)に向かった。真っ昼間から青森の天然ヒラメの刺身で辛口の酒を飲んだ。

仲間のひとりは夜の便で福岡へ帰省するというので、残されたボクらは日比谷で『E．T．』のロードショーを観た。１９８２年の12月28日のことである。

補（２０２４・９・11）

青春トライアングル映画

古希だというのに、青春群像映画が大好きだ。

傍目にはさぞ不気味だろうが、それなりの理由がある。ボクは男子高だったたし、非モテ街道まっしぐらだったからだ。

ハイスクール青春映画というと、青春トライアングルを描いた映画を2作ほど思いつく。青春群像映画だと数学の順列組み合わせのように、誰かと誰かが結びついて、最後に誰か一人が余ってしまうのがセオリーだ。最後の1人の立場からすれば悲惨だが、その哀感を残しつつ、爽やかな青春映画に仕立てるのがお約束なのだ。

トライアングルの場合は、どう知恵を絞っても男2人と女1人か、男1人と女2人のパターンしかない。はみ出た1人はとてもせつなく、つらい状況になる。これを爽やかに描ききると大傑作が生まれる。その代表作が、ロベール・アンリコ監督の『冒険者たち』だ。

ジョン・ヒューズ脚本、ハワード・ドゥイッチ監督のコンビ作品に『プリティ・イン・ピンク／恋人たちの街角』と『恋しくて』がある。ともに青春トライアングルを描いた映画の中では、前者は小佳作で、後者は佳作である。

『プリティ・イン・ピンク／恋人たちの街角』はアンディ（モリー・リングウォルド）とダッキー（ジョン・クライヤー）は幼馴染だ。3枚目でさむいギャク連発のダッキーはアンディが好き、アンディはハンサムなブレーン（アンドリュー・マッカーシー）が好きで、ブレーンはブルジョワのお坊ちゃんだ。女1人と男2人のパターンに幼馴染というひねりを絡めて、女一人称のスタイルで物語は展開してゆく。

アンディが通っているハイスクールはみんな裕福で、車を持ち、化粧して、タバコを吸い、自宅での派手なパーティー三昧の日々が続く。

アンディとブレーンは相愛になり、そんな中、プロムの季節が近づく。だが、ブレーンは仲間内から貧乏人と付き合うことを揶揄されて、他の子をプロムに誘ったようだ。アンディにとっては、「信じられない」という展開だ。いったいどうなるでしょうという映画である。まあ、80年代のハイスクールの生態を描いた青春映画だった。

イギリスのニューウェーブ系の音楽をイッパイ盛りこんだのも、一風変わっている。終幕のプロムの直前のアンディの父親（ハリー・ディーン・スタントン）との会話から、胸の痛みを抑えて、アンディは堂々と一人でプロムに行く。幼馴染のダッキーが励まし、雨の駐車場でのラストまでが心地よい。小品だが、後味がすこぶるよろしい。

もう一作の『恋しくて』も、ワッツ（メアリー・スチュアート・マスターソン）はキース（エリック・ストルツ）と幼馴染だ。ワッツは心ひそかに、ちょっぴり頼りない男子のキースが大好きである。キースはお上品で可愛いアマンダ（リー・トンプソン）が好きで、キースはワッツの気持ちにはゼンゼン気づかず、見向きもしない。

またアマンダには、金持ちドラ息子のステディがいた。ワッツはキースのために、一役買うことになるが…という話だ。これもまた、恋の行方はどうなるのでしょうという同じつくり方になっている。

女2人に男は1人で、ひねりは同じく幼馴染で、オマケとして敵役の金持ちドラ息子がフューチャーされている。

男一人称のスタイルで物語は進行するが、実質的な主役はワッツ役のメアリー・スチュアート・マスターソンである。トムボーイというか、オトコオンナのようなショートカットのワッツが、とってもキュートである。

ワッツが心の奥ではときめきながら、キースにキスの手ほどきの練習台になるシークエンスは、ちょっぴりせつない。フジテレビの月9のテレビドラマ『恋ノチカラ』でも、キスの手ほどきの場面があった。ワッツの心の揺れは、深津絵里さんと同じだ。

『恋ノチカラ』の広告業界の舞台設定は、『スウィート・ノベンバー』のパクりだが、終幕にかけての深津絵里さんの心理は、この映画の投影かもしれない。まあ、よくあるパターンではある。

アマンダ（リー・トンプソン）がラスト近く、敵役のステディに張り手2発を炸裂するシーンがある。現代女子ならパーなど手緩い。グーで殴れとか言いそうだ。勇ましく、グーパン縁切りである。

アマンダはふられ役だが、とても善良な人間に描かれていて、儲け役である。ラストは、夜道を泣きながら歩いているワッツを、キースが追いかけていく。

エンディングにLick The Tins の『Can't Help Falling in Love』が流れるが、そのイントロがとても心地よい。

メアリー・スチュアート・マスターソンは、悲しいヒロイン役が多い。名作『フライド・グリーン・トマト』では、列車事故で兄を亡くした役だった。『妹の恋人』では子供の頃に、火事で両親を失った自閉的な役柄だったが、最後はジョニー・デップとハッピーになる。『マンハッタン花物語』となると、冒頭からいきなり窓辺で泣いていたし、クリスマスに恋人（クリスチャン・スレーター）の家族にあたたかく迎えられるが、居たたまれなくなるシーンもよかった。

「私がそんなに幸せになれるはずがない」というような、不幸な境遇の女性を演じると、ホントによく似合う。けれど、結局、最後には幸せになる。やっぱり、けなげな女性がハッピーになる映画は観ていて幸せなキブンになる。

（2009・2・18）

ゆるゆる生活

このところ、DVD化されたテレビドラマばかりを観ている。

『受験のシンデレラ』はなかなか良くできていて面白かった。小泉孝太郎さんは演技が上手くなっているし、川口春奈さんがけなげで、愛らしい。お受験ドラマで、生きる希望を失った小泉孝太郎さんがカリスマ予備校講師で、落ちこぼれの女子高生の川口春奈さんが東大受験を目指すという役柄だった。

万葉集のような和歌はラブレターだから、西野カナだと思えば簡単だと教える。たしかに間違いじゃないけれど、適当だなあと心ひそかに思う。

「会いたくて 会いたくて 震える」(『会いたくて会いたくて』、Kana Nishino作詞)のと、和歌はやっぱり違うだろう。けれど、いい加減なことを言うなあと思いつつも、受験勉強の暗記は、そんなもんだよなと思い返す。もっともボクの場合、受験は高校だけだから、お気楽だった。

「イチゴのパンツ(1582)の明智光秀が、本能の赴くまま行動したら、『本能寺の変』になった」とか、言葉遊びをしながら暗記したものだ。

『コントレール〜罪と恋〜』は、これでもかとばかりの、あざといドラマだった。すぐに観るのをやめた。映像はとてもきれいだが、どうも大石静さんのドラマとは相性が悪いみたいだ。

お口直しに、寝しなに観たドラマ『今夜ひとりのベッドで』では、夫（本木雅弘）と妻（瀬戸朝香）が、右が梅林の男坂と左が梅林の女坂の石畳の階段をそれぞれ上り、学問の神様を祀る夜の湯島天神でお参りして、夫婦坂を手をつないで一緒に降りてくる。

実は、これは、坂の灯籠（とうろう）やガス灯にあかりが灯る頃に一人でもいいから、いつか一度はやってみたいとひそかに思っていたことだった。上野広小路から、あんみつ屋や大福屋、かき氷屋などが点在する春日通りの傾斜を上っていくつもりだった。でも雑事に追われてなかなか叶わなかった。テレビドラマの映像で満足するのは悲しいことだが、あきらめていたのですっかり良いキブンになる。梅まつりの季節に、上野方面から男坂を上って、夜の湯島天神に、いつか行ってみたい。

ビールを飲みたくなったけど、休肝日だし、寝しなだから、やめて寝る。

（2018・8・26）

『サイボーグ009』あれこれ

「花の24年組」という女流マンガ家たちがいる。萩尾望都さん、竹宮惠子さん、大島弓子さんの3名に代表されるが、それだけじゃない。

最後の大島弓子さんはどうかは知らないが、萩尾望都さんと竹宮惠子さんの大泉サロン組は、熱狂的な石森章太郎ファンだった。

ささやななえさんや少女マンガのパイオニアの水野英子さん、西谷祥子さんも石森ファミリーだった。西谷さんは緻密なストーリー・テリングが魅力だったが、なぜか消えてしまった。再評価されるのが待ち遠しい。石森人気は、どういう理由からなのか。

萩尾望都さんだったと思う。石森マンガは線が柔らかく繊細で、透明感がある。だから少年マンガ誌の中で、石森章太郎さんが描いていると、パラパラっと見ると、そこのページだけ非常にナイーブな印象を受ける。「豪傑の中に美少年が一人」みたいな感じがすると言っていた。

なるほど最初期の石森マンガは一コマ、一コマの絵が叙情的に表現され、若い才気が溢れ出ていた。特筆すべき点は、やっぱり、キャラクターがビジュアル系であることだ。しかもセクシーだった。このビジュアル系でセクシーというのに、少女マンガ家たちは「花の24年組」も含め、キャーという感じで魅了されたのかもしれない。

男性目線で見ると、ボクなら、ダントツで『サイボーグ009』の003のアルヌールという女子に憧れた。ヘアバンドしたフランス系でサイボーグ戦士たちのマドンナ的存在だった。アルヌールは、「レーダーのような聴覚と遠視力による探索能力」を保有した紅一点だった。

若くして亡くなられた、トキワ荘にも何度も出入りしていた石森さんのお姉さんのイメージが、当時のヒロインには、みなオーバーラップしているらしい。石森さんの姉への思慕が投影されて絵になった。書いている人の想いが、強く訴えかけていたのだろう。

『サイボーグ009』はエンディングが素敵で、物干し台から、姉と弟が流れ星を見つけ、きれいだと思う。姉は「世界から戦争がなくなりますように」とお願いし、幼い弟は「おもちゃのライフル銃が欲しい」と願う。余韻が残るラストだった。

レイ・ブラッドベリの『万華鏡』からパクった結末だが、オリジナルの田舎道を歩いていた小さな子供が流れ星を見つけ、母親が「願いごとをするのよ」という結末よりも、ある意味ではすぐれていたように思う。

でも、今やアルヌールがフィギュアになる時代である。さすがに引いてしまう。大きなお世話だが、あぶないオタクとは言わないまでも、あまり気味の良いものではない。ボクはそれとはかすりもしないようなファンでありたい。

（2008・8・24）

アンコウ鍋とモーツアルト

寒くなってくると、落ち葉の足音を聞きながら、アンコウ鍋でもつつきたい。具は葱、春菊、豆腐があればそれでいい。アンコウは常磐(じょうばん)ものが有れば、尚いい。鍋はおしなべて、木枯らしの季節がふさわしいと思う。

アンコウはルックスが悪いという説がある。なるほどオコゼ、フグ、カサゴ、メゴチ、ナマズ、うまい魚は見た目にはぶさいくが多い。ジャニーズ系の魚となると、キスやアユになるのだろうか。

ボク的には、アンコウ鍋は味噌仕立てやしょうゆ仕立てより、水炊きがいい。昆布があれば、それでいい。あとはカボスかスダチ、もしダイダイがあれば尚いい。

昔はモミジオロシも使ったが、いまは使っていない。ポンズの作り方は醤油半分、大分県産のカボスなどを半分垂らすことにしている。正解なのかどうかは知らないが、ボクにはちょうどよい。

アンコウは七つ道具が美味だ。やわらかな身だけのアンコウ鍋ほどつまらないものはない。アンコウには「モーツァルトのピアノ協奏曲ニ短調」がよく似合うと記したのは、立原正秋センセイだ。

前夜の残りの鍋で、朝の10時頃からイッパイやっていたら、ご近所からモーツァルトが流れてきたという。

遠い昔の、ある日ある時の昼下がりに、自由が丘の坂道を歩いていたら、「エリーゼのためにがこぼれるように流れてきた。たぶん深窓の令嬢が弾いていたのだと思う。いや、そう思いたい。まるで、『陽の当たる坂道』のようだ。

アンコウ鍋なら、ビールは最初のグラス一杯あればよく、あとは日本酒だ。

ある天才作曲家が糖尿病の悪化から重篤になった。作曲するとストレスになるので、演奏だけに専念することになった。亡くなる5年前に、彼はベーゼンドルファー225のピアノを買った。調律師の話では、彼はジャズ・ピアニストだったが、モーツァルトのソナタを本当に上手に弾いたという。

彼は、最晩年は天草で過ごし、寛解に向かったという。天草産のアンコウは食されたのだろうか。

彼とは、中村八大さんだ。

（2007・11・24）

還暦過ぎのドリカム

めずらしく、朝早く目覚めた。

トイレ、洗面所の用をすまし、ベランダの窓を開ける。朝の空を眺め、今日は幾分、涼しそうだと思いながら、深呼吸する。ソバ茶を啜り、仏壇のロウソクに灯をともす。

子供の悪戯(いたずら)防止用の100円ライターだから、着火するのにかなり指の力がいる。なによりも時々、指先が火傷しそうで、なんだか危険だ。

お線香の沈香を立てる。古都の安らぎの香りだが煙控えめなので、なんだか物足りない。亡父はヘビースモーカーだったので、「嫌味か」などと言われそうだ。

血圧計で、血圧測定をする。まあまあだ。粉薬を白湯に溶いた、泥色(どろいろ)になった液体をズッ、ズズっと飲む。30年以上飲み続けていても、不味いものは不味い。そう気づいたのは、還暦を過ぎたつい最近だ。

トースト2枚、スクランブルエッグ、ホウレンソウ炒め、ミニトマト、薄切りハムなどを食す。果物は、大分産のスイカだ。塩をふると、やはり美味しい。

健診でカリウムが基準値を超えたので、毎日、食していたバナナをやめた。とても悲しい。インスタント・コーヒーは、薄めのを8杯は飲んでいる。酒もそうだが、何かに依存するのは、本質のところで、どこか寄る辺ないからだと思っている。

テレビドラマの『ビブリア古書堂の事件手帖』を観ていたら、ロバート・F・ヤングの『タンポポ娘』の話が出てきて、久しぶりにSFを読みたくなる。ロバート・F・ヤングは、恥ずかしくなるくらい、甘いファンタジーを書く。

『タンポポ娘』の雨のバス停の白いドレスは、今も忘れられない。『時が新しかったころ』の焚き火で焼いたマシュマロやソーセージのホットドッグも、よく覚えている。そっか、ボクは時間旅行が好きなんだなあと迂闊（うかつ）にも初めて気づく。

映画の『ある日どこかで』や『メイド・イン・ヘブン』は同じ年に観た記憶がある。前者は時間を遡る（さかのぼる）時間旅行で、肖像画で見た美女に逢いに行く古風なロマンだ。小道具のコインが苦い味になっていた。後者は、天国から別の人間になって現世へUターンする現代の恋愛物語だ。小道具の親からもらったトランペットがほのぼのとしたよい味だった。

『天国から来たチャンピオン』も天国から別人になっての現世へのUターンで、タイムトラベルではないが、それに似た味わいがある。元恋人が、初対面なのに暗い通路で「前に会った？」と問うラストの余韻がせつないが、爽やかでもあった。連想がどんどん広がってくる。

ボクが思いを馳せるのは、いつも過去のことばかりなのは、たぶん未来が描けないからかもしれない。だからと言って、未来を悲観しているのではない。

今、思いつく理想の未来は、老後は湖畔でワンカップを飲みながら、ワカサギ釣りでもして過ごしたいなと思う。けれど、寒いのは苦手なんだよなあ。

今もって、夢みたいなことばかりを思い願っている。バカかって言われそうだが、還暦過ぎても、「Dream Comes True」を信じている。まっひとつ、見逃してやってください。


（2013・8・15）

『E．T．』問答

友人が『E．T．』を観て、えらく感動して、「ありゃあキミ、ピーター・パンが原案だね」と言う。

何を今さらなのだが、ピーター・パンが原案とは、なかなかうまいことを言う。川で倒れていた瀕死（ひんし）のE．T．が蘇るところなど、なるほど、毒を飲んで瀕死になったティンカーベルの復活と同じである。

くやしいから、「キミもピーター・パン病なのかい」とからかうと、ならば、ワタクシの感想を述べよと迫る。

「そうさなぁ、あれはホームステイの映画だ」と言うと、「ホームステイはもっと厳かなものさ」と訳知りにたしなめる。

ならば、「異文化交流の映画だな」と、大人げなくも反論してみる。「うんにゃ、比較文化論を、不倫を正当化するために利用した、品性下劣な某芸能人のように学問を軽々に論じてはいかんゾ」と、友人はしたり顔で言う。友人説は御説ごもっともである。

ふーんと感心しつつ、その時、満月を自転車で横切るメルヘンのような映像がよぎる。

「ヤッパ、お月見の映画さ」と自信ありげに言ってみる。

「いや、キヌカツギもススキもないお月見などありえない」と友人は即座に却下した。

敵もさるもの引っ掻くものである。さあ困った。「わかった、わかった、つえーよ、負けた」と出掛かったが、徳俵でギリギリ残る。苦し紛れに、「ありゃ、母子家庭のホームドラマさ」と言うと、

「キミらしく歪んではいるが、それなら納得できる。いいところに気がついたね」とお褒めに預かった。

なんだか拍子抜けして、とっても複雑なキブンだ。

褒められたとは、到底、思えないんだけど、まっ、いっか。


（２００９・５・８）

悲しきハート

1960年代前半のポップスを聴きながら、いつも定番のねぎトロ湯葉巻きと貝柱のカルパッチョねぎ仕立てなど食し、ビールを飲む。昔なら暑気あたり、今なら熱中症っぽかったけれど、だんだんと元気になる。

ああ、海辺で波の音を聞きながら、おでんが食いたいな、と突然思う。「夏の陽を 浴びて 潮風に揺れる 花々よ」(『狂った果実』、石原慎太郎作詞)なんて口ずさみ、辛子のきいた大根、昆布、しらたきなど食したい。

月夜の夏の海というのは、よいものである。満月なら、もしかしたら月の道が現れるかもしれない。妄想はだんだん広がり、酔いも深まる。

今年も海へ行かなかった。

定年退職したら、天草諸島の先端の温泉に長逗留(ながとうりゅう)して、大人の夏休みの絵日記風のドラマ『ビーチボーイズ』のようにのんびり磯釣りをしたい。何が釣れるのだろう。夏の魚だからキスか。夏のアジも脂がのっているに違いない。理想を言えば、落日前の宿の庭に七輪を持ち込んで、蝉しぐれや夏の緑に囲まれて、炭火のキスの塩焼きを食したい。

東シナ海に沈む赤い夕陽を、湯船に浸かりながらうっとり眺める。

遠くに燃える漁火が淋しさを誘う頃には、浴衣を着てのんびり詰将棋を解く。青い星屑が海を照らすのを眺めた後で、手元灯で読みさしの文庫本でも読んでいると、すぐに睡魔がやってくる。

明けて朝の5時くらいには起きて、露天風呂から海の朝焼けや誰もいない浜辺に波が打ち寄せるのを眺める。

旅館の朝食後は散歩に出て、ハマナスの花や赤い実でも見つけたら最高だろう。でも、ハマナスは、さすがに九州ではムリである。

海、温泉、魚、夕陽、浜辺、星、そしてビールが我が夏の必須アイテムである。酔ったアタマに去来する「幸せの始まり」のあれこれだが、どうもイメージが貧困だ。でも、それが今思いつく、ボクのサイコーの贅沢なのである。

（2012・8・26）

あの角を曲がると

生まれて初めて、スターバックスに行く。

人生なにごとも経験である。今までの禁忌（タブー）は破ることにしている。しかし、若い人でごった返す店舗の中で、レジで注文を確定して、受け取りカウンターでじいっと待つなんて、ボクのような年寄りはやはり場違いに思えてどうにも抵抗がある。

開店して間もないためか、店内は若いＯＬ（今ならサラ女（ジョ））さんの２人連れでいっぱいである。注文を若い友人たちにお願いして、ウッドデッキでオープンカフェ気分を味わう。近くの焼肉屋さんから美味しそうな、肉が焦げたような匂いが流れてくる。遠い昔、虎ノ門に勤務していた頃は、真っ昼間から焼肉屋でビールを飲んだことを思い出す。

昭和から続く喫茶店でもルノアールなどは、繁華街のあちこちにあったが、ボクの好む昭和の雰囲気が漂う喫茶店は、みな大通りから外れたところにあった。引っ込んだところにある、くすんだ喫茶店の方が落ち着いた。明る過ぎない喫茶店で、古本屋まわりの収穫の本など読んだ。今や、ブックカフェの時代になった。

シマトネリコやオリーブの若木の植栽が取り囲んだスタバのウッドデッキで、アイスコーヒーを飲む。下草には、ヒイラギナンテン、ツルニチソウなどが植え込まれている。しばらくして、ウッドデッキでお茶しているのは、みな、男性ひとり客だけなのに気づく。その気持ちはよくわかる。

植栽の若木が、ときおり、さわさわと揺れる。風も吹いていないのだけれど、どうしてだろうと天を仰ぐ。青空が広がり、ポカポカ陽気のいいお天気である。果てしなく透き通ったブルーだ。人のシアワセとは、「いい天気だなあとか、青空だなあと感じることだ」と言ったのは誰だっけと思うが、いつものことだが思い出せない。フム、シアワセとはそんなものかもしれない。

若い頃、桜が終わって新緑の季節になると、きまってメランコリックな気分になった。ゴールデンウィークが退屈だったからなのか、花盛りの季節の後のさみしさだったのか。

正体は不明だけど、過剰ななにかを持て余していたからのような気もする。今でも、新緑の憂うつは時として感じる。

あ、間違った。

アイスコーヒーのストローは、カップのフタを外さないで、十文字にカットした中心部に刺すのか。知らなかった。

（2014・4・18）

カレーの匂い

ＤＶＤで昔の映画を観ると、電話ボックスがよく出てくる。

繁華街の扉の外に人が並んで待っているような電話ボックスは大嫌いだが、自宅近くの住宅地の行き止まりにあるような電話ボックスはわりと利用した。ボクのパッとしない人生でも、ささやかなドラマはなくもない。テレカの時代より、硬貨を継ぎ足す時代の方がドラマチックだった。

ケータイは文明の利器だが、人目を憚(はばか)らずよくもまあという光景も見掛けるが、自由闊達ではある。取引先とのよそゆき言葉や、自宅とか、大切な人とのおしゃべりで、その人の人柄がわかる。たまたま聞こえてきた会話が微笑ましくて、よそ事なのに思わずうれしくなってしまうこともある。そのぶん、しっとりしたドラマは消えた。深夜の灯りがともった電話ボックスには、なんとも言えない哀愁があった。


ケーキ屋さんの2階の喫茶室で、不得手なミルクチョコクッキーで砂糖抜きコーヒーを飲みつつ、ぼんやりと昨夜の映画を思い出していた。

戦争映画は、ストレス解消に抜群の効果がある。ドカン、ドカンと景気よく爆発すると気分爽快になる。

男はみな『特攻大作戦』が大好きで、『危険な情事』でみな身につまされて落ち込むという映画のセリフがあった。救いようのないアウトローでも、前者では一瞬のヒーローになれた。後者はシリアスというより、怖い。一度だけ関係した女性に付きまとわれる男性が、二枚目でプレイボーイのマイケル・ダグラスだから、よそ事ですむ。主人公が温水洋一さんだったらリアリティがあり過ぎで、夜、うなされるに違いない。

外に出ると、雨が落ちだしたが、すぐに降っているのか、やんだのか、どっちつかずの状態になった。それでも、澄んだ空気の舗道では、いくつかのビニール傘が揺れる。

日暮れなのに、昼のように明るい中を歩いて帰る。途中で、住宅から早めの夕食の匂いが漂う。ニンジンやタマネギや馬鈴薯などが煮えたような匂いだ。

たぶん、カレーだろう。それも本場ものではなく、隠し味にしょうゆが入ったような和風カレーだ。カレーの付き合わせと言えば、らっきょう、福神漬という日本的なこだわりは絶えて久しい。とても悲しい。和風カレーは家庭の味である。よその家なのに、なぜかじんわり幸福な空気感を感じる。

カレーの匂いの空気を胸いっぱいに吸い込んで、明日はバスで我が地の小京都の人吉へ出張だったことを思い出した。


（2010・7・28）

あとがき

本書は平成19年（2007）から現在（2024）に至るまで、ブログに書いてきた記事を集めたものである。その日の気分で、たわいのないおしゃべりを気楽に綴ってきた。

ブログを始めるにあたり、ペンネームは野々山貞夫、タイトルは『ほんの寝巻で』に決めた。低俗なこともたくさん書くので、さすがに気恥ずかしく、ペンネームにした。

ペンネームの由来はクレイジー・キャッツのハナ肇さんこと、本名野々山定夫さんから拝借している。さすがに失礼なので、名前だけは貞夫に改めた。

ブログ・タイトルの『ほんの寝巻で』は、

「あぁ～ら奥様、どちらへ？　素敵なお洋服でございますこと！　おほほほほ」

「ちょっとそこまで。ほんの寝巻ですのよ～」

というような山の手の奥様の〝ざあます〟言葉の会話から生まれたのではない。

どこにでもいるフツーの映画ファンが夜になって、ほどよくくたびれた普段着（だから寝巻）で、好きな映画をちょっと観て、好き勝手なこと言っている感じをイメージして名前をつけた。

すこし気に留めたことがあるとすれば、読んでいただくために誇張はしても、本当のことを書こうということだった。ほかには、ちょっとだけしあわせ気分になれるとよいなあと思っていた。

通底するものがあるとすれば、「昭和な時間」と「まっ、いっか」なんだと思う。

話し言葉で書いてきたので、だいぶ書き言葉に書き改めた。本にまとめるとなると、古い記事を読み直すことになり、初期の自分の文章の癖や嫌いなところが気になったが、なるべくそのままにした。


出版の機会を与えてくださった熊日出版、本のタイトル検討や本文の挿絵までお願いした編集を担当して下さった満田泰子さん、出版企画から本のタイトル決定、こうして本の形にして下さった今坂功さん、装丁をお願いしたデザイナーの内田直家さん、ありがとうございました。ご一緒できて、本当に楽しかったです。お世話になりました。

そして最後に、本書を読んでくださったみなさまに、心から御礼を申し上げます。

つたない文章を読んでくださり、感謝しかありません。

２０２４年秋

米川　清

《引用した楽曲》

『赤い鈴蘭』詞／楠田芳子 曲／木下忠司
『最後の春休み』詞・曲／松任谷由美 編／松任谷正隆
『或る日突然』詞／山上路夫　曲／村井邦彦　編／小谷允
『レモンのキッス（Like I Do）』詞・曲／Dick Manning　訳詞／みナみカズみ
『私の好きなもの』詞／永六輔 曲・編／いずみたく
『冒険者たち（Laëtitia）』詞／Jean-Pierre Lang　曲／Francois de Roubaix
『さよならベイビー』詞・曲／桑田佳祐　編／サザンオールスターズ&門倉聡
『こんにちは赤ちゃん』詞／永六輔　曲・編／中村八大
『ぼく達はこの星で出会った』詞／山上路夫曲・編／中村八大
『微笑がえし』詞／阿木燿子 曲・編／穂口雄右
『スーダラ節』　詞／青島幸男　曲・編／萩原哲晶
『それが悩みさ』詞・曲／青島幸男　編／ダニー飯田
『雨の物語』詞・曲／伊勢正三 編／石川鷹彦、木田高介
『夜明けのＭＥＷ』詞／秋元康 曲／筒美京平 編／武部聡志
『ひとかけらの純情』詞／有馬三恵子　曲・編／筒美京平

『キラキラ』詞・曲・編／小田和正
『ボーイ・ハント』Where the boys are 詞・曲／Howard Greenfield・Neil Sedaka 訳詞／漣健児
『ヴァケーション』Vacation 詞・曲／Connie Francis・Hank Hunter 訳詞／漣健児
『春の予感』詞・曲・編／尾崎亜美
『煙が目にしみる』Smoke gets in your eyes 詞／Otto Harbach 曲／Jerome Kern
『秋色化粧』詞・曲・編／上田知華
『アイ・ウィル・フォロー・ヒム』（『愛のシャリオ』）Chariot：I will follow him 詞／水島哲 曲／Stole-Del・Roma.・Pollest Abbate
『初めての街で』詞／永六輔 曲／中村八大 編／井上鑑
『こんにちは またあした』詞／内藤まろ 曲／kotringo 編／コトリンゴ
『デイ・ドリーム・ビリーバー』Day Dream Believer 詞・曲／John Stewart 日本語詞／Zerry
『幸福のシッポ』詞／永六輔 曲・編／中村八大
『人生の扉』詞・曲／竹内まりや 編／山下達郎・センチメンタル・シティ・ロマンス
『人恋しくて』詞／中里綴 曲／田山雅充 編／水谷公生
『夏色のナンシー』詞／三浦徳子 曲／筒美京平 編／茂木由多加
『会いたくて会いたくて』詞／Kana Nishino・GIORGIO13 曲・編／GIORGIO CANCEMI
『狂った果実』詞／石原慎太郎 曲・編／佐藤勝

米川 清（筆名　野々山 貞夫）
1950年、埼玉県生まれ。
早稲田大学卒業後、財閥系IT会社（東京）に勤務。
1993年、熊本で大学教員となり、1997年教授。2021年定年退職。
自称、日本料理研究家。熊本市在住。
2022年、『ゆっくりとまったりと』、熊日出版（野々山貞夫）

退屈ぐらいがちょうどいい

2024年10月31日　第1刷発行

著者　米川 清

制作
発売　熊日出版（熊日サービス開発株式会社）
熊本市中央区世安 1-5-1
電話 096-361-3274
装丁　内田 直家（ウチダデザインオフィス）
印刷　シモダ印刷株式会社

定価はカバーに表示してあります。

ISBN978-4-911007-12-9　C0095